랑데부

랑데부

김선우 에세이

흐름출판

Rendez-Vous

예술가는 인류에게 심부름을 해주는 사람이에요. 고요를 끌어올
려 펼쳐내고 숨겨져 있어 모르는 의미들을 건져 올려 차려냅니다.
김선우 작가의 그림을 처음 대면하는 순간, 작업실에 있을 더 많은
그림들을 더 보고 싶어 갈증을 느끼던 때가 있었습니다.

굳이 말하지 않았던 침묵의 시간을 지나, 이제는 세상에 말을 건네
려 하는 이 책의 울림을 함께할 수 있어 고맙습니다. 맞아요. 그렇
게 우린 아주 오래전부터 김선우 작가와 나란히 어깨를 맞대고 오
로라를 기다려왔다는 사실을 이 책을 통해 알게 되었습니다. 크레
타 섬에서 보낸 편지 형식의 글을 읽는데 나는 그만 그곳에서 불
어오는 바람이 그 먼 이곳까지 도착한 것만 같아 깜짝 놀랐습니다.
한 사람의 꾸준한 작업의 결, 그리고 인생의 방향을 몰래 훔쳐보는
것 같아 숨을 가다듬어야 했네요.

김선우 작가는 세상 앞에서 기웃거리지 않고 세상을 항해하고 있
습니다. 들춰내고 밀어내면서 닥쳐오는 수많은 영감들을 사랑으로
펼쳐 보이는 일. 그것이 그의 일이었습니다. 작가에게 와서 부딪히

는 세상의 소요들을 작가는 건강함과 치열함으로 토닥인 다음 단단한 그림으로 탄생시키는 일. 이 또한 성실한 예술가가 아니면 해낼 수 없는 일이란 걸 우리는 모르지 않습니다.

그의 그림이 세상에 숨결을 불어넣고 있다면, 그의 글은 세상에 자극을 선물할 것입니다. 특히도 이 책은 방황하는 젊은 예술가에게 선명한 파도가 되어 줄 것입니다.

이병률(시인. 여행작가)

도도새를 그리는 화가 김선우는 책을 들으며 그림을 그린다. 예술가가 표출하는 사람이라면 책을 듣는 사람은 어떤 사람일까? 김선우는 이 세상에 존재하거나 존재했던 다양한 사람과 동물과 사물의 다채로운 면모와 랑데부하며 살아간다. 그러니까 그는 온 세상에 존재하는 다양한 인간의 집합이기도 하다.

이 책은 예술가이자 세상을 듣는 사람 김선우가 세상 곳곳을 여행하며 눈길을 주고 발맞춘 것, 그러면서 한편으로는 '나는 누구인가'를 끊임없이 고민하며 스스로에 대해 발견하고 확인한 것의 총체다. 예술가가 세상에 내어 놓는 것이 곧 존재론적 영역의 자아라면, 이 책은 일종의 작가노트다.

부유하는 생각을 잠시 붙잡아 김선우의 작가노트에 잠시 눈을 두며 그와 랑데부하는 시간은, 짧고 강렬한 여운을 남길 것이다. 그리하여 존재가 사라진 뒤에도 끊임없이 기억되는 도도새처럼 김선우를 기억하게 될 것이다. 도도새와 하늘과 구름과 나무와 숲과 바다와 윤슬과 별이 쏟아지는 그림으로 가득한 책장 사이사이에서 결코 단 한 순간도 꿈을 잊어버린 적 없는 사람의 표정을 발견하게 될 것이다.

심채경(천문학자, 행성과학자)

나만의 특별함을 찾아가는 길이란 녹록치 않습니다. 현실에 지쳐 주저앉고 싶을 때면 김선우 작가의 작품을 마주해봅니다. 이미 멸종된 도도새가 작품 속에서는 무엇이든 할 수 있는 새가 됩니다.

도도새를 보며 우리에게도 무한한 가능성이 있다며 용기를 얻어봅니다. 어떻게 그는 마음을 반짝이게 하는 그림을 그리는 것인지 늘 궁금했습니다. 그 답을 책에서 얻었습니다. 작가의 고뇌와 건강한 고집, 성실함이 우리에게 감동을 주는 작품으로 와 닿았다는 것을요. 도도새 작가가 담담하게 털어놓는 이야기를 어서 들어보시길.

배혜지(아나운서)

사람은 말로 표현할 수 없을 때 글을 쓰고 글로 표현할 수 없을 때 그림을 그린다고 합니다. 표현할 수 없어 막막했던 내 속의 아픔들이 작가님의 글과 그림을 보면서 스르르 풀어졌습니다. 작가님 감사합니다.

김숙(개그우먼)

차례

추천의 글 __ 10

작가의 일 __ 18

Bon voyage __ 24

안부 __ 34

풍경 __ 38

고독을 위하여 __ 42

지도 앞에서 __ 50

작가노트 __ 52

별을 바라보는 일 __ 56

Passing place __ 60

인간을 사랑하는 일 __ 64

떠나는 일 __ 68

랑데부 __ 72

선택 __ 78

그런 계절 __ 82

순례자 __ 88

약속 __ 100

일기 __ 103

그림을 사랑하는 사람 __ 106

보통의 삶 __ 110

영원한 하루 __ 116

번역과 고백 __ 122

C'est la vie __ 126

계절 이별 __ 130

울음의 의미 __ 134

건배사 __ 138

이카로스의 마음 __ 145

LIFE IS ONLY ONE __ 150

서툰 안부 __ 155

LABOREMUS __ 162

처세술 __ 166

돌아보게 하는 일 __ 172

INTJ의 대답 __ 175

달리기 __ 180

나는 언제 꺾이게 될까 __ 184

어른이 해야 할 일 __ 187

바른생활을 하는 일 __ 192

무역풍의 냄새 __ 196

꿈꾸는 일 __ 201

1초의 정의 __ 202

통역 __ 208

여행감각 __ 212

다시 __ 214

나는 크레타 섬에서
이처럼 지냈습니다.

이러한 마음들이
당신에게 전해지기를.

작가의 일

'도도새'라는, 이미 오래전에 멸종되어 사라져버린 새를 그려 온 지 10여 년이 흘렀습니다. 결코 짧지 않은 시간입니다. 바꾸어 말하면, 그 시간 동안 '작가'라는 직함을 지켜냈다는 의미이기도 하겠습니다. 많은 일들이 있었습니다. 기쁘고 슬프고, 때론 주저앉고 싶을 정도로 절망적이었던 순간도 있었지만, 그 모든 시간들을 되돌아보는 지금, 저는 제 자신에게 "꿈을 지켜왔다"라고 당당하게 말할 수 있습니다.

좋아하는 일이 생업生業이 되는 건 위험한 일일지도 모르겠습니다. 무지개가 떠 있는 저 먼 언덕 너머를 향해 온 힘을 다해 달리는 것과 같달까요.

어쩌면 무지개란 그저 멀리서 바라볼 때 비로소 아름다운 것일지도 모릅니다. 그러나 결코 그곳에 닿을 수 없다는 것을 너무나도 잘 알면서도 간절히 소망하고, 마침내 그 풍경 속으로 달려가는 일이 주는 설렘의 감각 속에서 살아가기를 선택한 것입니다.

불가리 브랜드와 협업해 만든 가방을 런칭하기 위해 파리에 다녀온 적이 있었습니다. 프랑스어를 못하는 저는 현지에서 통역의 도움을 받았습니다. 몇 년 전부터 파리의 직장을 다니면서 종종 통역 일을 하고 있다며 자신을 소개한 P는, 저와 비슷한 나이의, 다부진 체격과 자신감 넘치는 표정을 가진 청년이었습니다. 행사를 무사히 마치고 함께 식사를 했습니다. 우리는 서로의 일과 미래에 대해 대화를 나눴고, 그러던 중 문득 그가 이렇게 물었습니다.

"이미 유명하시지만, 계속 활동을 하고, 그래서 앞으로도 계속 유명해지는 게 작가님의 직업적 목표인가요?"

예술가라는 직업의 세계에서는 세간에 크게 알려지기 이전의 상태를 흔히 무명無名이라고 표현합니다. 생각해보면 참 잔인하면서도 냉정한 호칭입니다. 확신과 결의를 안고 자신의 일을 해내려 치열하게 싸우고 있지만, 정작 세상의 시선에서는 이름조차 없는 무명의 상태인 거니까요. 그러나 이것이 예술가라는 직업의 속성을 대변하는 중요한 점이라고 저는 생각합니다.

어떤 형태의 예술이든 작품이라는 건 지극히 개인적이면서도 동시에 지극히 사회적인 산물입니다. 우리는 그것으로부터 공감과 위로를 얻고, 때로는 '이 세계를 함께 살아가는 동료'라는 강력한 연대의 용기를 얻기도 합니다. 그래서 '무명'이라는 광막한 공백의 영역에 자신의 이름을 존재하게 만들었을 때 예술가는 비로소 유명有名을 얻게 되는 겁니다. 그것이 바로 이 세상을 조금 더 나은 방향으로 인도하고자 하는 예술가가 번듯한 이름을 얻는 일의 의미가 아닐까 저는 생각합니다. 그렇게 살아가는 일, 그렇게 살아남는 일이 이름이 없는 채로 대부분의 시간을 살아왔던 저를, 그리고 지금을 살아가고 있는 저를 지탱해주는 신념입니다.

최근에서야 저는 '전업작가'가 되었습니다. 축복받은 일이라고 늘 생각합니다. 여러 의미가 있겠지만, 제게 있어 전업작가로서 삶을 이끌어 나간다는 건 예술가로서의 활동이 전적으로 삶을 '책임'져준다는 것을 뜻합니다. 예술가도 결국 이 세상을 살아가기 위한 직업의 한 종류이니까요.

그러나 여기에는 조금 미묘한 시선들이 존재합니다. 그 '책임'

에는 정신적인 면뿐만 아니라, 당연하게도 금전적인 부분이 포함되어 있기 때문입니다. 아직까지도 미술대학이나 혹은 특정 계층에서는 후자에 대해 논의하는 일 자체를 불편하게 여기는 것 같습니다. '물질적인 면'을 중요하게 여기게 된다면 예술이 반드시 가져야만 한다고 여겨지는 '순수성'을 해칠 수도 있고, 그로 인해 창작자의 개성과 독립성이 일종의 타협을 하게 될 거라고 우려하는 시선이 존재하고 있는 겁니다.

저는 '순수함'에 대한 정의는 상대적일 수밖에 없고, 여기에 대해 어떤 답을 내리거나, 맞다, 틀리다를 다투는 일은 시간낭비라고 생각합니다. 어떤 치열한 논쟁이 오간다 한들, 결국 창작물에 대한 책임과 결과는 오롯이 창작자에게 달려 있기 때문입니다.

이것은 비단 예술에만 해당되는 이야기는 아닐 겁니다. 삶을 살아가며 '하고 싶은 일'을 더 할 수 있는 유일한 방법은 '하고 싶지 않은 일'의 비율을 필사적으로 줄여나가는 것뿐이라고 생각합니다. 그 과정에서 '원하는 일'과 '현실 세계'와 관계를 맺는 방식, 책임을 담보하는 방법을 자연스럽게 체득하게 됩니다. 그래서 제가 생각하는 '직업적 순수성'의 척도란, 자신의 일을 대하는 책임감의 크기와 그 정교함의 정도입니다. 제가 느끼기에는 '일'이 '업業'이 되는 방식이 그렇습니다.

거창하고 대단해 보이는 이야기를 하고 싶은 건 아니었습니다. 다만 이 자리를 빌려, 제가 예술을 통해 우리들의 삶과 세상을 사랑하는 방법을 이야기하는 데에 기쁨을 느끼는 사람이며, 그러한 사랑을 지속하기 위해 온 힘을 다해 왔다고 고백하고 싶었습니다. 그리고 앞으로도 언제까지나 이처럼 살아가기를 간절히 소망하는 마음을 전하고 싶었습니다.

이 책은, 그러한 사랑에 대한 이야기입니다.

〈**Dream Catcher**〉, 130×162cm, gouache on canvas, 2023.

Bon voyage

취업을 위해 다양한 스펙을 쌓는 것처럼 작가지망생들뿐만 아니라 기성작가들도 비슷한 일을 합니다. 작가들은 갤러리나 미술관 혹은 관련 기관 등에서 주최하는 공모에 지원하기 위해 자신의 작업을 소개하는 포트폴리오나 전시 계획서 등을 만들어야 합니다. 주최 측에 따라 요구하는 서류들이 천차만별이기에, 종종 그 준비만으로도 지치기 일쑤입니다.

취준생들이 구직활동을 통해 자신의 사회적 정체성을 획득한다면, 작가들은 공모전을 통해 작품을 전시하고 홍보할 수 있는 기회를 제공받습니다. 경우에 따라 금전적인 지원이나 작업을 할 수 있는 스튜디오를 대여 받거나 유명 비평가와의 만남을 주선

받기도 합니다. 그러한 과정 속에서 작가는 스스로도 알지 못했던 자신의 새로운 면을 발견하거나, 작품 세계를 발전시키고 확장해 나가게 됩니다.

작가에게 공모전이란 세간의 인정을 차곡차곡 획득해 나갈 수 있는 가장 공식적인 루트입니다. '작가의 구직활동'과 다름없는 것입니다. 이 '예술 구직' 세계 속의 기회는 터무니없이 적음에도 그 기회가 절실한 사람들은 매년 미술대학으로부터 쏟아져 나옵니다. 공모전의 문이 더욱 좁아지고 치열해지는 이유입니다.

2014년의 겨울, 졸업전시를 마치고 저는 냉기가 감도는 실기실에 홀로 앉아 조급한 마음으로 어느 공모전의 지원서를 작성하고 있었습니다. 강원도 양양의 한 미술관에서 주최했던 그 공모전에는 특이하게도 예술가가 직접 계획한 여행을 실현시켜준다는 파격적인 부상이 걸려 있었습니다. 물론 아무 여행이나 무작정 보내준다는 건 아니었습니다. 그 여행이 앞으로 공모 지원자의 예술 활동에 있어 어떤 방식으로 영감을 줄 것인지를 보여주는 것이 무엇보다도 중요한 선발 조건이었습니다.

일단 뽑히기만 한다면 어디든지 떠날 수 있는 기회를 준다는 것도 무척 매력적이었지만, 꽤 권위 있는 미술관이 일 년에 단 한 번 주최하는 공모전이었기에, 그 당시 스스로를 작가라고 증명할

⟨**Life is wonderful**⟩, 41×60.5cm, acrylic on canvas, 2014.

만한 이력이 거의 없었던 저에게는 그 기회가 무척 절실하게 다가왔습니다.

그때까지 저는 '새'를 그리고 있었습니다. 사실 대학 시절 내내 새를 그렸습니다. 물론 평범한 새는 아니었고, 머리는 독수리나 부엉이 등의 형상을 갖추고 있으면서 아래로는 인간의 몸통을 가진 '새 인간'이었습니다.

오래전부터 동물 중에서도 새를 가장 좋아했습니다. 날개가 상징하는 자유로움을 언제나 갈망해 왔습니다. 학창 시절 제가 가장 공감했던 단 하나의 문장은 베르나르 베르베르의 "자신의 자유의지로 자기의 자유의지를 포기할 수 있는 존재는 인간뿐"이었습니다. 미술대학에 진학한 후 저는 갑갑한 현실을, 자유로운 새가 날개를 잃고 인간의 몸속에 갇힌 '새 인간'의 형상으로 표현했습니다. 그 작품들로 생애 첫 개인전을 열었을 때의 전시 제목은 〈새鳥상〉이었습니다.

당시 공모를 준비하는 과정에서 저는 우연히 도도새에 대해 알게 되었습니다. 남아프리카 인근 모리셔스라는 작고 아름다운 섬에 살던 도도새는 천적이 없는 평화로운 환경 속에서 날아야 할 필요성을 느끼지 못했고, 결국 날지 못하는 새로 퇴화해 버렸습니다. 때문에 포르투갈 선원들이 그 낙원에 발을 들여 놓았을 때 그들의 운명은 정해져 있는 것이나 다름없었습니다. 포르투갈

인은 그들에게 '도도'라는 이름을 붙여주었습니다. '도도'는 '바보'라는 뜻입니다. 그리고 1681년, 최후의 도도새가 죽임을 당했습니다. 지금, 그들의 존재를 증명해주는 건 모리셔스의 포트루이스 자연사 박물관에 박제된 도도새의 뼈뿐입니다.

그동안 새임에도 날 수 없는 '새 인간'을 그려 왔기에, 스스로 날기를 포기한 '도도새'와 재미있는 연결고리를 만들어 볼 수 있으리라 생각했습니다. 도도새의 비극이 우리 현대인들에게 의미 있는 메시지를 줄 수 있다고요. 그렇게 도도새가 여전히 존재한다고 가정하고 한 달 간 도도새의 흔적을 찾아 헤맨다는, 말도 안 되는 콘셉트의 여행계획이 세워졌습니다. 그리고 믿을 수 없게도 그 여행 계획이 서류 심사를 통과했고, 유명 평론가와 미술관 관장으로 구성된 심사위원들 앞에서 도도새를 찾으러 떠나겠다는 황당한 계획을 직접 떠들어댈 기회를 얻을 수 있었습니다. 그리고 충격적이게도, 그들은 저를 모리셔스로 보내주기로 결정했습니다.

하지만 막상 결과를 받고 나서는 조금 두려웠습니다. 모리셔스라니. 그 낯선 나라의 이름을 떠올리는 것만으로도 낯설고 쌀쌀한 기분이 들었던 것입니다. 마크 트웨인이 "신은 모리셔스를 만들었고, 천국을 만들었다"라고 했을 만큼 신혼여행지로 널리 알려진 아름다운 그곳으로, 저는 이미 오래전 확실하게 사라진 존재들을 다시 찾아 나서겠다고 선언한 것이었으니까요.

　도도새를 추적했던 그해 여름의 한 달은 오지奧地로 떠난 모험가가 느낄 만한 막연한 불안과 설렘으로 내내 마음이 분분했습니다. 그곳에서 느꼈던 불안은 어쩌면 예술가임에도 불구하고 항상 명료한 답을 찾는 데에 길들어 있기 때문이었을지도 모르겠습니다. 존재하지 않는 존재로부터 나만의 답을 찾아야 했으니까요. 그래서 그 상황에서는 '하면 된다'보다는 '되면 한다'라는 자세가 무척 유용했습니다. 어쨌든 저는 치열한 공모 경쟁 끝에 승리한 열 명 중의 한 사람이었습니다. 그것은 결과물을 만들어 발표를 해야만 한다는 의미였습니다.

　저는 그랑베이Grandbaie라는 해안가 도시에서 머물렀습니다. 8월이었지만 그곳의 계절은 겨울이었고, 겨울이었음에도 마치 한국의 초여름처럼 날은 따사로웠습니다. 독일인 B가 운영하는 숙소에 머물렀는데, 그는 모리셔스에서 장기 휴가를 보내던 중 러시아에서 여행을 온 S와 사랑에 빠져 함께 지내고 있었습니다. 먼 동방의 나라에서 도도새를 찾아보겠다는 일념으로 혼자 떠나왔다는 저를 그들은 무척 흥미로워했습니다. 심지어 그들은 "한 마리쯤은 아직 살아있을지도 모르지"라며 도도새를 찾는 모험에 동참하겠다고까지 했습니다. 피차 잉여로운 시간이 넘쳐났던 우리는 틈이 날 때마다 히치하이킹으로 트럭을 얻어 타고 섬을 여행했습니다. 도도새의 흔적을 찾고, 만나는 사람마다 혹시 도도새를 본 적이 있냐고 묻고, 도도새에 대한 글을 쓰고, 도도새에 대한 그림을 그리며 한 달을 보냈습니다. 도도새의 나날들이었습니다.

우리가 살아가는 이 사회는 분명한 과정과 목적이 있는 길을 권하고 때로는 강요합니다. 하지만 모리셔스에서의 모험은 '유익한 방식의 방황' 역시 자신만의 고유한 가치와 새로운 가능성을 찾는 좋은 방법이 될 거라는 확신을 제게 갖게 했습니다. 이 세상을 정글에 비유한다면, 살아갈 수 있는 방법 또한 셀 수 없이 많지 않을까요? 호모 비아토르Homo viator, 우리는 길 위의 인간이며, 언제나 길 위에서 떠나고 돌아오는 동안 성장과 변화의 기쁨을 맛보아 온 존재이니까요.

그 여행 이후 작업환경을 주기적으로 변화시키는 일은 제게 하나의 숙명이 되었습니다. 모리셔스로 떠나 도도새라는, 나와 우리의 이야기를 전달하는 기발한 매개를 찾아냈듯이, 새로운 생각과 이야기는 정주가 아닌, 유목遊牧하는 사고방식과 행동에서 비롯된다는 걸 경험으로 체득했기 때문입니다. 그것은 그 어떤 종류의 학교에서도 배울 수 없던 귀중한 체험이었습니다.

목적지와 해야 할 일이 정해져 있는 여행일지라도 낯선 어딘가로 떠나는 행위는 우리에게 일상과는 다른 선택지를 제시합니다. 우리가 여행 중 마주치는 작은 부분들에서조차 신선함과 호기심을 느끼는 건 그 때문일 것입니다. 그렇기 때문에 평소에는 무심코 지나치던 것들에게 다시 한 번 시선을 주게 되고, 다른 방식의 해답을 찾게 됩니다.

저는 우리의 삶이 여행처럼 늘 신선하고 두근거렸으면 하는 마음으로 작업을 해 나가고 있습니다. 물론 방황하는 일 그리고 낯선 곳으로 떠나는 일이 마냥 신나는 것만은 아닙니다. 예측할 수 없는 두려움과 사건을 마주할 용기가 필요하고, 무엇보다도 시간과 돈을 투자해야 하니까요.

그럼에도 불구하고 저는 언제든 다시 자리를 털고 떠날 결심을 합니다. 정해진 길을 벗어났을 때 비로소 펼쳐지는 수만 갈래의 길들로부터 분출하는 새로운 생각과 상상력의 축제를 즐겨보지 못한 사람은 있을지 몰라도, 단 한 번만 즐긴 사람은 존재하지 않으니까요. 그래서 제 작품 속에 등장하는 도도새들은 '더는 날지 못하는 바보 새'가 아닌, 무엇이든 될 수 있고, 어디로든 떠날 수 있는 가능성을 품은 '알'과 같은 존재들입니다. 이들이 당신의 긴 여정에도 함께 할 수 있는 유쾌한 친구가 되기를 저는 바랍니다.

즐거운 여행되시길.

⟨**Mauritius souvenir 23**⟩
29.5×22cm, water color on paper, 2015.

안부

미술대학을 졸업한다고 해서 '수고하셨습니다. 당신은 이제
부터 작가입니다'와 같은 작가 자격증을 발급하는 공인 인증기
관 따위는 존재하지 않습니다. 대다수의 미대 졸업생들이 곧바로
좌절하고 취업전선에 뛰어드는 현실 속에서 저 또한 호의적이지
않은 주변 상황과 마주해야 했습니다. 마치 어떤 지지층도 없이
기호 99번 정도의 번호표를 달고 무작정 선거에 출마하는 기분
이었습니다.

학교에서 그렸던 습작들은 부모님과 함께 살던 아파트에 쌓여
퀴퀴한 냄새를 풍겼습니다. 부모님은 졸업도 했으니 이제 '정상
적인 직업'과 '평범한 삶'에 도달하기를 은근히(아니, 무척 간절히)

바라셨습니다. 그러나 부모님의 바람과는 달리 저는 저만의 무모한 모험을 계속 해 나가고 있었습니다. 당시 연신내 시장 근처에 작업실이 있던 선배가 그의 작업실에 잠시 머물 수 있게 배려해 준 덕분에 아르바이트를 하지 않는 시간을 쪼개 꾸역꾸역 그림을 그려낼 수 있었습니다.

그러던 중 을지로 산림동의 철공소 골목에 있는 빈 공간들을 작가에게 지원해주는 구청 사업에 선정이 되었습니다. 예술을 활용한 도시재생이 유행처럼 시작되던 해였습니다. 제게 배정된 공간은 페인트 창고였던 곳이었는데, 미닫이문을 열면 문 옆에 작은 수도꼭지가 있었습니다. 방 안에 있는 설비라고는 콘센트 구멍 두 개가 전부였고, 딸린 화장실도 없어서 근처 지하철 공용화장실을 사용했습니다. 오토바이만 간신히 지나갈 수 있는 좁은 골목에 위치해 있었고, 근처 철공소에서는 무언가가 절단되는 날카로운 소리와 함께 매캐한 철가루를 뿌려댔습니다.

근래 '힙지로'로 불리는 이곳은 서울 중심부에 남아 있는 최후의 공업지대 중 하나입니다. 저는 서울에 이런 동네가 아직도 남아 있는 줄 이곳에 오기 전까지는 상상도 하지 못했지만, 그럼에도 가장 낮은 곳에서 시작하는 것이 그렇게 힘들지만은 않았습니다. 그 당시 저는 결핍이야말로 한 인간을 성장하게 이끄는 가장 강력한 동기이자 그 누구보다 훌륭한 스승이라 믿었습니다.

을지로 철공소 골목의 작업실

물론 그 생각은 지금도 변함이 없습니다. 우리 삶의 중요한 어느 부분에는 의도적으로 결핍을 남겨놓아야만 한다고 저는 생각합니다.

누구에게나 그런 시간이 있습니다. 떠올리는 것만으로도 고통스럽지만, 아이러니하게도 무척이나 그리워하게 되는, 아프지만 소중하면서도 따뜻한 추억. 그런 인내의 기억들은 결국 오래도록 우리 삶의 견고한 버팀목이자 위안이 되어줍니다. 을지로는 제게 그런 곳이었습니다.

얼마 전에 만났던 오랜 동료작가가 문득 이런 이야기를 꺼냈습니다. 그때 제가 첫 작업실이라며 데려갔던 그곳이, 작업실로는 너무나도 형편없고 열악해서 속으로는 말도 안 된다고 생각했지만, 그걸 자랑하는 제 표정이 세상 천진하고 행복해보여서 걱정의 말을 결국 어렵게 삼켰었다고. 저는 그 말이, 그 마음이 고마웠습니다. 제 삶에서 가장 반짝이는 무언가를 찾은 사람의 표정을 알아봐 주었던 거니까요.

그 시간을 되돌아보는 지금, 그 마음을 가꾸고 지켜온 그 시절의 제게 따뜻한 안부를 전하고 싶습니다. 그것을 오래도록 지켜보아 준 당신에게도.

풍경

강물처럼 흘려보내고 있는

젊은 날의 시간들을 새삼 알아챌 때면,

'참 푸른 날들이구나' 하는 생각이 떠오릅니다.

푸른 젊은 날이라는 게 결국 소중하고

애틋한 시간이 될 거라는 걸 알면서도,

그 젊음을 불쏘시개 삼아 더 크고 새빨간 불꽃이 되기만을

바라마지않음 또한 알고 있죠.

그 애틋함과 열망을 알기 때문에 때로는 잠시 아주 먼 곳으로,

아무도 나를 알지 못하는 풍경 속으로 훌쩍 떠납니다.

잠시 그곳에서 외로움과 고독을 핑계 삼아 불꽃의 춤을

몇 걸음 뒤에서 바라봅니다.

그 춤의 스텝을, 그림자의 모양을.

—

당신에게도 그렇게 떠날 풍경이 있기를,

그 순간이 오기를 바랍니다. 하고 싶은 이야기들을 쓰고,

숨 쉬듯 생각하고, 그 풍경 속에서 지칠 때까지

두 발로 걷기를 바랍니다.

그러고 나서 다시 일상으로 돌아가는 길은

상상했던 것보다 아주 아쉽지는 않을 겁니다.

언젠가 그 풍경 속으로 다시 돌아올 자신의 모습을

기대하게 될 테니까요.

이제 떠나온 곳으로 돌아간다면,

당신은 분명히 조금 더,

잘 해낼 수 있을 겁니다.

이제
떠나온 곳으로 돌아간다면,

당신은 분명히
조금 더,
잘 해낼 수 있을 겁니다.

───────────────────

〈**Night walk**〉
53×45.5cm, gouache on canvas, 2021.

고독을 위하여

몇 년 전, 일본의 한 온천에서 머물며 작업할 기회가 있었습니다. 두메산골이라는 단어 외에는 더 적절한 표현이 없을 정도로 그 온천은 깊고 깊은 숲 속에 점처럼 콕 박혀 있었습니다. 4월 중순이었지만 길 양 옆에는 어른의 키 높이로 눈이 쌓여 있었죠. 머무는 동안에도 이따금 눈이 내렸습니다. 그곳 사람들은 눈이 쌓여가는 소리를 "신– 신–"이라고 표현했습니다.

매일 노천탕에 들어가 함박눈을 맞으며 눈을 감고, 깃털보다 가벼워서 쌓여가는 소리가 전혀 들릴 리 없는 눈의 소리를 괜히 좇곤 했습니다. 그런 종류의 감각을 관찰할 수 있는 그 시간이 좋았습니다. 번잡하거나 해결해야만 하는 수많은 일들에 대한 것이 아니라, 눈이 내리는 형태와 소리에 대하여 온종일 생각하고, 이야기 나눌 수 있는 그 시간이.

그곳에서 저는 대부분의 시간 동안 통나무로 지어진 카페 구석에 앉아 그림을 그리고, 글을 썼습니다. 작업 외에 할 일이라곤 뜨거운 온천물에 몸을 담그거나, 새하얀 눈이 두꺼운 담요처럼 쌓인 고요한 겨울 숲을 산책하는 것뿐이었습니다. 그렇게 하루 일과를 마치고 나면, 온천장 측에서 제공해 준 직원용 숙소에서 그간 읽지 못했던 책들을 밀린 숙제처럼 읽었습니다. 누군가와 함께 떠날 수도 있지만, 저는 이따금 낯선 곳에서 완벽하게 혼자가 되는 시간을 스스로에게 부여하는 용기를 내봅니다. 그러한 종류의 고독은 분주한 삶 속에서 뭉툭하게 무뎌진 감각들을 예리하게 벼리는 숫돌과도 같다고 생각합니다.

"사람은 오직 혼자 있을 때만 자기 자신이 될 수 있고, 고독을 사랑하지 않는다면 그는 자유를 사랑하지 않을 것"이라는 쇼펜하우어의 금언처럼, 수다스럽지 않은 시간들은 우리에게 종종 더 많은 이야기를 들려주는 법입니다. 때문에 자발적인 고독은 분주하고 천편일률적으로 흘러가던 일상의 시간에서 한 발 뒤로 물러나 자신의 삶을 관조할 수 있는 기회를 제공합니다. 외로움 loneliness과 고독solitude의 차이는 거기에서 옵니다. 자발적인 고독 속에서 잠시나마 은자가 되는 경험은 우리의 삶에 어떤 화두를

눈의 숲에서

던져주기에 충분합니다. 그 누구도 아닌 오롯이 나를 위해 잠시 쉼표를 찍는 일은 더 웅장하고 긴 악장의 연주를 위한 인터미션 **intermission**이지, 결코 마침표가 아닙니다.

온천을 떠나던 마지막 날, 마음이 헛헛하고 아쉬워 새벽에 일어나 노천탕에 몸을 담갔습니다. 봄이 무색하게 며칠째 멈추지 않고 쏟아지는 굵은 눈송이가 물 밖으로 내민 몸에 닿으면 스며들듯 녹아 흘렀습니다. 이따금 차가운 눈보라가 몰려와 수증기와 엉켜 온 주위가 하얗게 변할 때면 이대로 우화등선羽化登仙 할 것 같은 착각에 빠져들었습니다. 신계로 승천하는 데 필요한 의관衣冠은 그저 머리 위에 얹은 흰 목욕수건뿐인 것입니다. 이처럼 고요한 가운데, 따뜻한 양수 같은 물속에서 알몸으로 사유하는 시간은 태초에 삶이 시작되었던 그때의 향수를 불러일으켰습니다.

눈보라가 지나간 뒤 감았던 눈을 뜨자, 검게 그림자 진 산등성이 뒤로 하늘의 색이 조금씩 밝아오고 있었습니다. 떠나왔던 곳으로 돌아가야 할 시간이 된 것입니다. 몸을 일으켜 피부 위로 퍼지는 푸른 한기를 느꼈을 때, 문득 이 숲까지 다시 발걸음을 하게 한 저의 시간과 지금까지의 삶이 정말로, 정말로 괜찮다고 느꼈습니다.

사람은

오직 혼자 있을 때만

자기 자신이

될 수 있습니다.

⟨**In the winter forest**⟩, 116.5×72cm, gouache on canvas, 2020.

나를 위해

잠시 마침표를 찍는 일은

인터미션일뿐,

결코 마침표가 아닙니다.

⟨**Pray**⟩, 90×60cm, gouache on canvas, 2020.

지도 앞에서

어린 시절, 저는 방문에 붙은 세계 지도 앞에서
멍하니 앉아 있곤 했습니다.
가본 적 없는 머나먼 이국의 어딘가에서
끊임없이 떠도는 공상에 빠져드는 일이 좋았습니다.
그곳으로 가장 먼저 떠나게 될 사람이 될 거라는 상상을 하면서요.
이제 세상에는 더 이상 새롭게 발견할 만한 장소는
거의 없다는 사실을 분명하게 아는 지금에 와서도,
그럼에도 불구하고,
그 사실과는 전혀 상관없이 최초의 개척자가 된 기분으로
이따금 지도를 펴놓고, 새로운 여행을 꿈꿉니다.
그림을 그리는 일, 글을 쓰는 일 또한 그와 같은 감각 위에서
수행되는 일이라는 사실을 매순간 느낍니다.
그리고 그 감각을 절대로 망각해서는 안 된다는 것도요.

⟨**Travel**⟩, 32×24cm, gouache on paper, 2022.

작가노트

일기가 하루의 기록이라면, 작가노트statement는 예술가라고 불리는 한 인간에 대한 기록이자 세상에 대한 드라마입니다. 제가 미술대학에서 얻은 가장 큰 배움은 작가노트를 쓰는 법이었습니다. 어떤 예술가의 작품이 이해가 되지 않고 더 깊은 교감을 하고 싶다면, 그 작가의 작가노트를 찾아보면 됩니다. 작가노트는 단순히 어떤 작품과 작가에 대한 주석이 아니라, 그 작품이 태어난 근본적인 시작점이자 결말인 동시에 그 결말 이후의 이야기에 대한 예언이기 때문입니다. 이를 위해 미술대학에서는 4년 내내 교수님과 학생들 앞에서 자신의 작업에 대한 근거를 설명하고, 평가 받는 일을 반복합니다. 그런 방식의 설득을 통해 '진짜 나'

를 찾아가는 과정을 발견하게 됩니다.

비록 그 시작은 타인을 설득하기 위함이었다고 해도, 결국 그 과정은 나 자신에 대한 설득의 시간이기도 합니다. 제게는 그것이 작업뿐만 아니라 삶을 꾸려나가는 데에 있어 큰 용기를 주었습니다. 그리고 동시에 제가 가진 상처의 의미와 저를 둘러싼 세상을 직시하는 소중한 단서가 되었습니다.

"너 자신을 알라"라는 말은 흔히 그리스 철학자 소크라테스의 금언으로 알려져 있습니다. 하지만 실제로는 델포이 신전에 새겨져 있던 글귀라고 합니다. 신화 시대의 사람들이 한 치 앞도 알 수 없는 자신의 운명에 대한 질문을 안고 델포이에 도달해 아폴론의 신탁을 얻었을 텐데, 그런 의미심장한 장소에 쓰여 있는 글귀로는 이보다 적절할 수는 없는 듯합니다. 작가노트를 쓴다는 건 어쩌면 델포이로 떠나기로 결심하고 그 여정을 시작한 것과 같지 않을까요.

설득의 변에는 싫어도 이러저러한 살들이 붙기 마련입니다. 그리하여 제 작가노트에는 수많은 번민과 소망, 세상을 향한 불만과 희망들이 문자라는 정갈한 형태로 종이 위에 안착하려 애쓰고 있지만, 결국 제 작업을 보는 이들과 저 스스로에게 이야기하고 싶은 것은 단순하게 정리할 수 있습니다.

스스로 날기를 포기해 멸종한 도도새들처럼 현실에 안주할 생

각을 하지 말고, 지금 당장 하고 싶은 일을 찾아 무모한 모험을 떠나라는 무책임한 말을 하고 싶은 것이 아닙니다. 다만 당신께 '작가노트'를 쓰는 일을 제안하고 싶습니다. 당신이 작가이든, 작가가 아니든, 상관없습니다. 삶이라는 작품을 써 내려가는 건 우리 누구에게나 지워진 무거운 운명인 동시에 창조적인 권능과 축복이니까요. 그렇기에 우리는 끊임없이 우리 스스로에 대하여 기억하고, 기록하고, 성찰해야 합니다. 저는 그렇게 생각합니다. 그것은 신전으로 향하는 당신의 여정을 따뜻하게 환송하는 마음을 전하는 일이며, 동시에 그 길 위에 있는 저 스스로에게도 용기를 북돋는 일입니다.

별을 바라보는 일

'별'이라는 단어가 종종 '꿈'이라는 개념과 동의어처럼 자연스럽게 대응되는 까닭은 그 존재가 우리에게 선사하는 닿을 듯 닿지 못할 아쉬운 감각 때문일지 모릅니다. 머리 위에 무수히 존재하고 있다는 자명한 사실을 너무나 잘 알고 있는 동시에, 그럼에도 불구하고 다사다단한 나날들 속에 속절없이 망각하게 되는 아쉬운 존재들.

제게 작업이란 별을 좇는 일입니다. 그림을 그리는 일을 업으로 삼은 지 십여 년이 지났지만, 여전히 빈 캔버스를 마주할 때면 새하얗게 표백된 광막한 우주를 앞에 둔 것처럼 두렵고 막막합니다. 그러나 마침내 그 하얀 우주 속으로 떠나기로 결심하는 일,

그 안의 무수한 별들의 존재를 느끼는 일, 시력을 돋구어 그들의 자취를 찾는 일이 나의 업이라는 그 사실을 깨닫는 순간, 저는 마침내 제 삶을 사랑할 수 있게 됩니다.

그리고, 그러한 일로 하여금 누군가와 나란히 함께 별을 보게 되는 순간을 사랑합니다.

당신은 지금, 어느 별을 바라보고 있나요?

누군가와 나란히 함께

별을 보게 되는 순간을 사랑합니다.

당신은 지금,

어느 별을 바라보고 있나요?

─────────────────

〈**Three wishers**〉, 72.7×60.6cm, gouache on canvas, 2023.

Passing place

스코틀랜드 북부 하이랜드를 여행했을 때의 일입니다. 그 먼 북쪽의 땅을 찾은 이유는 단순했습니다. 〈왕좌의 게임〉과 〈해리 포터〉, 〈아웃랜더〉, 〈네스 호의 괴물〉 등 신화와 상상 속 이야기들의 무대로 알려진 그 지역의 풍경을 보고 싶다는 일념 때문이었고, 그렇게 마주하게 된 하이랜드의 풍경은 판타지를 상상해 보기에 안성맞춤이었습니다.

나무 한 그루 없는 척박한 언덕과 산들이 굽이치는 거대한 대지가 끝없이 이어졌고, 갑작스럽게 폭우가 내렸다가 언제 그랬냐는 듯 맑게 개어버리는 변덕스러운 날씨 덕분에 지루할 틈이 없었습니다. 그런 풍경을 보고 있으면, 당장 차에서 내려 배낭 하나

를 메고 그 언덕 너머로 모험을 떠나고 싶은 충동이 끊임없이 일 었습니다.

현지인이 운영하는 단체관광용 벤을 타고 여행을 했고, 대부분의 시간을 도로 위에서 보내야 했지만, 재미있는 사실 하나를 발견할 수 있었습니다. 그 지역의 도로들은 양방향 통행의 도로임에도 불구하고 대부분 1차선으로 도로가 나 있었습니다. 인구밀도도 낮은 데다 차량 통행량도 많지 않은 편이라고 짐작이 되었습니다.

그래서인지 적어도 10에서 20미터마다 'Passing place'라고 적힌 표지판이 서 있었고, 차량이 서로 양보해서 지나갈 수 있도록 표지판 좌측이나 우측으로 약간의 여유 공간이 있었습니다. 만일 'Passing place'를 앞두고 서로 마주치게 되면, 누군가가 그곳으로 쏙 들어가서 멈춰주고, 그렇게 잠시 멈춰준 자동차를 지나쳐 갔습니다. 그럴 때마다 운전사들은 호의에 대한 보답으로 서로에게 손을 흔들어 주거나, 엄지를 치켜 올려 주었습니다. 운전자에게는 분명 번거로운 일이었겠지만, 저는 이 통행 방식이 퍽 마음에 들었습니다. 지나간다는 뜻의 'Passing'이기는 하지만 결국 누군가는 멈춰야만 하고, 그래야만 누군가가 지나갑니다. 이처럼 서로를 배려하는 잠시의 기다림이 언제까지나 그 길을 달릴 수 있게 만드는 것입니다. 나와 당신의 길 모두.

인간을 사랑하는 일

살아가다 보면, 그림을 그리다 보면, 저는 종종 생각합니다.

세상에서 그 무엇보다 인간이 인간을 사랑하는 일을 해내는 것이야말로 어쩌면 가장 고통스럽고 어려운 일이지 않을까 하는.

무릇 사랑보다는 미움이 손쉬운 법이고, 그것은 비단 그림을 그리는 일에도 해당되곤 합니다.

이른 아침 작업실 문을 열고 어제 그려 놓은 그림을 마주할 때, 전시회를 앞둔 그림들을 펼쳐 놓았을 때면, 저는 종종 그림이, 그 그림을 그려낸 나 자신이 미워서 도무지 견디기 힘들다는 생각을 합니다.

그렇기에 제게 그림을 그리는 일이란 인간을 사랑하는 연습을 하는 일입니다.

그 무수한 연습의 나날들 속에서, 언젠가 어느 날엔가 예고도 없이 캔버스 위로 떠오른 사랑의 형상을 발견했던 기쁨은 오늘의 연습을 위한 용기가 됩니다.

그래서 사랑이란 더없이 연습이 필요한 일입니다.

매 순간. 매 숨처럼. 언제나.

사랑이란

　　더없이

　　　　연습이 필요한 일입니다.

떠나는 일

"참 용감한 것 같아. 그렇게 낯선 곳으로 막 떠나는 거, 하나도 안 무섭지?"

한 번도 가본 적 없는 어느 섬으로의 여행을 준비하고 있던 제게 오래 알고 지내온 막역한 후배가 물었습니다. 20대 때 이런 질문을 받았다면, 분명 그 말이 끝나기도 전에 "그래. 그런 거, 난 전혀 두려워하지 않아"라며 의기양양해 했을 겁니다. 미지의 세계와 다가올 시간에 대한 불안으로 빼곡히 가득 차 있다는 걸 이미 스스로 잘 알고 있으면서요.

그러나 이제 30대 중반을 지나온 저는 "무서워. 벌써 외로운 기분인데…"하고 대답했습니다. 이제는 어렴풋이, 그러나 때로는 확실하게 알고 있습니다. 나 자신이 애초에 강하고 용감한 사람이 아니라는 것을요. 오히려 부서지기 쉬운 스스로를 알기에, 나 자신을 낯선 세계로 내던져, 그곳이 선사하는 온통 날것의 기분, 감정, 경험을 온전히 혼자 마주하는 용기를, 그 용기를 얻는 과정을 체득하기를 몹시 갈망하는 사람이라는 걸요. 그리고 그러한 갈망의 무게가 모든 두려움보다 더 무겁기에 결국 떠나기를 결심한다는 것을요.

'나이를 먹는 일'이란 어쩌면, 그런 걸 조금씩, 아주 조금씩 깨닫고, 나 자신을 알음알음 알아가는 데서 위안을 얻는 일이 아닐까요. 우리가 떠나온 삶이라는 길고 고단한 여행길 위에서 또 한 걸음 앞으로, 다시 다른 길로 떠날 수 있는 결심과 용기를 스스로에게 부여하는 일. 그리고 마침내 여정이 끝난 뒤 찾아온 짧고 달콤한 안온함 속에서 또다른 여행을 꿈꿀 수 있게 하는 일.

〈Travelers〉
91×116cm, gouache on canvas, 2023.

랑데부

Rendez-Vous.

이 프랑스어를 번역하면 '만남', '예약'처럼

다소 건조한 의미가 되지만,

이 단어를 가지고 별들이 수없이 반짝이는 우주로 나가면

이야기가 많이 달라져.

랑데부는 우주를 유영하는 서로 다른 두 물체가 마침내 접촉해

하나가 되는 상황을 의미하거든.

무중력인 우주공간에서는 극도로 미세한 조정을 거쳐야만

서로가 다치지 않고 온전히 만날 수 있지.

요컨대, 서로의 상대속도를 완전히 같게,

'0'으로 만들어야 한다는 거야.

그 찰나의 번뜩이는 순간에,

광막한 별들이 우리를 둘러싼 우주의 한가운데에서,

숭고할 만큼 고요했던 그 순간에,

우리는 만나게 된 거야.

〈**Le sauveur**〉
72.7×60.6cm, gouache on canvas, 2023.

서로의 속도가 같아지는

그 찰나의 번뜩이는 순간

우주의 한가운데에서

우리는 만나게 된 거야.

⟨The Lovers⟩, 162×130cm, gouache on canvas, 2022.

선택

선택은 늘 어렵습니다.

그 결정이 작던 크던, 결과적으로 기회가 될지, 지금 당장의 이득은 없더라도 가깝거나 먼 미래에 멋진 계기를 예비할지, 득도 실도 없이 어중간한 결과가 될지, 아니면 고심 끝에 내린 결정일지라도 결국 잘못된 판단으로 판명이 날지, 지금은 그럭저럭 괜찮은 선택일지라도 결과적으로 미래에 발목을 잡는 일이 될지는 그때가 되지 않는 한 알 수 없습니다.

그래서 선택에 따르는 중압감과 미래에 대한 불안의 무게를 조금이나마 줄이기 위해 우리는 믿을 수 있는 친밀한 누군가에게 조언을 구합니다. 선택의 매 순간들 그리고 그 선택에 대해 누

군가에게 조언을 구했을 때의 순간들을 돌아보면, 그 상황을 완벽하게 해결해 줄 수 있는 조언을 바랐다기보다는 도무지 확신할 수 없는 마음의 번민으로 인한 고통을 조금이나마 공감해주기를 바란 걸지도 모르겠습니다. 그 과정 속에서 우리는 미처 인지하지 못했던 혹은 무의식중에 이미 결정을 내려버린 선택과 마주하게 되는 것 같습니다.

어쩌면 살아간다는 일에 익숙해진다는 건 수많은 선택들이 주는 스트레스로부터 조금씩 의연해질 수 있다는 걸 의미하는 게 아닐까 싶습니다. 그렇지만 의연해지되 무뎌지고 싶지는 않습니다. '다 괜찮을 거야'라는 막연하고 성의 없는 위로나 툭툭 던지는 사람이 되고 싶지는 않습니다. 선택의 번민 속에서 선뜻 제게 귀를 열어주고, 손을 잡아준 이들과 함께 삶을 발견해 나가는 기쁨을 느끼고 싶습니다.

확신이라는 말이 좀처럼 어려운 이 세상 속에서 저는 그런 방식으로 믿어보고 싶습니다. 나 스스로를, 그리고 당신을.

그런 계절

새벽에 작업실 문을 열 때마다, 바람에 날려 온 아카시아 꽃잎들이 도둑고양이처럼 살랑살랑 문간을 넘는 계절이 있습니다.

매미가 지하에서 참아온 울음을 마침내 토해내기 직전,

새하얀 아카시아 꽃들이 팝콘처럼 툭툭 피고 지는 봄과 여름의 막간,

고요하면서 동시에 생명이 넘치는 그 찰나의 계절이 저는 좋습니다.

그러나 그런 계절 속에서 저는 한편으로 쓸쓸한 마음에 어찌할 바를 모르게 됩니다.

어째서 세상의 모든 아름다운 것들은 이토록 단명할 운명인지

혹은 그렇게 부서지기 쉽기 때문에 아름다운 것일지 생각하게 됩니다.

그래서였을까요, 저는 한때 단명하고 싶다는 생각을 꽤 진지하게 그리고 오랫동안 했던 적이 있습니다. 그러나, 그런 제게 계절은 상냥히, 시간을 들여 조금씩 그리고 확실하게 알려주었습니다.

긴 계절과 긴 계절 사이, 그 찰나의 귀한 아름다움을 위해 인내하는 간절한 시간이 존재하기에 비로소 그 아름다움 앞에서 눈물을 흘릴 자격이, 아쉬움에 마음 아파할 자격이 주어진다는 것을요.

봄날의 끝자락은 제게 그런 계절입니다.

⟨**Blooming moment III**⟩
45.5×53cm, gouache on canvas, 2022.

새하얀 아카시아 꽃들이

팝콘처럼 툭툭 피고 지는 봄과 여름의 막간,

고요하면서 동시에 생명이 넘치는

그 찰나의 계절이 저는 좋습니다.

⟨**Night walker**⟩, 53×45.5cm, gouache on canvas, 2021.

순례자

    스물여섯 살, 가진 것이라곤 오로지 젊음과 무지밖에 없었던 그때, '까미노 데 콤포스텔라'라고 불리는 스페인의 산티아고 순례길로 떠났던 이유는 어쩌면 당시의 제가 손에 쥔 것이 아무것도 없다는 사실에 대한 반항심 때문이었을지도 모른다는 생각이 듭니다.

    10년 전 그 길에서 사람들을 마주칠 때 주고받았던 가장 중요한 질문이 하나 있다면, "왜 걷기로 결심했나요?"입니다. 같은 순례자로서 친근감을 표시하기 위한 스몰토크일 수도 있지만, 사실은 가장 본질적인 질문이기도 합니다. 어쩌면 그 문답은 그 길을 걷는 이들이 스스로에게 던지는 것이지 않았을까 생각합니다. 당

ALBERGUE DE PEREGRINOS
REAL COLEGIATA DE RONCESVALLES

Nombre: Kim

Fecha: 30 ABR 2022

Litera Nº 270   14€
(I.V.A. incluido)   Nº 196648

2022.

시 20대였던 저로서는 앞으로 걸어가야 할 인생에 대해 상상하면 설렘보다는 캄캄한 두려움과 끝없는 불안으로 마음이 분분했습니다. 그러니 무언가 정답 비슷한 것이라도 얻어내고 싶었던 것입니다.

그 당시 저는 학생이었고, 800킬로미터 풀코스를 완주하기에는 경제적 여유도 없었던 탓에 절반인 400킬로미터 정도만 걷기로 계획했습니다. 중간의 메세타 지방을 기차로 통과하면 15일 만에 산티아고에 도달할 수 있었습니다. 물론 목적지에는 제가 바라던 정답 같은 것은 없었습니다. 한 달 넘게 시간을 내서 풀코스를 걸었더라도 아마 인생을 관통하는 어떤 깨달음 같은 건 얻지 못했을 겁니다.

그럼에도 그때 저는 길 위에서 저 자신조차 잊고 있었던 먼 과거와 현재 그리고 미래의 모습들을 다시 발견할 수 있었습니다. 오롯이 저 자신을 위해 기뻐하고 슬퍼하며 보낸 시간들은 까미노의 풍경들과 함께 오래도록 마음속에 자리 잡고 있습니다. 그리고 언젠가 저 스스로에게 당당해졌을 때 다시 돌아와서 걷지 못한 나머지 절반의 거리를 채우자고 스스로에게 약속을 했습니다. 그리고 마침내 시간이 흘러 서른다섯의 생일을 맞이하던 날, 저는 다시 순례길 위에 섰습니다. 그 길 위에서 10년 전의 나, 지금의 나 그리고 언젠가 다가올 나를 만나기 위해서요.

그렇게 두 번째 순례길을 떠나기 위해 스페인의 국경 마을로 떠나는 기차를 기다리는 플랫폼에서 저는 문득 낯선 감정과 마주하게 되었습니다. 이 두 번째 여행길에서 혹시나 이미 아름답고 빛나는 추억으로 남은 과거의 그 시간들과 비교하게 될 상황들이 생기면 어쩌나 하는 불안감이 마음 속에서 뭉게뭉게 피어오르기 시작했습니다. 그러나 오랜 시간이 지났음에도 길은 여전히 그곳에서 변치 않고 저를 기다리고 있다는 사실을 이내 떠올렸습니다. 오래전 스스로에게 품었던 무수한 질문들에 대해 부끄럽지 않은 대답들을 가지고 다시 이 길에 서게 되었다는 것을 위안삼아 그런 불안감들은 접어두기로 했습니다. 그리고 그때 그랬듯, 또다시 저를 위한 새로운 질문들을 길 위에 남겨둘 수 있기를 소망하기로 했습니다. 그 질문들은 언젠가 또다시 저를 이 길 위로 인도할 테니까요.

　순례자들은 '알베르게'라고 불리는 순례자들만의 숙소에서 하루를 마칩니다. 이곳에서는 순례자들이 가족이 된 것처럼 함께 잠을 자고, 함께 식사를 합니다. 두 번째 순례길을 시작하던 날 아침 식사를 마칠 때쯤, 알베르게의 여주인은 모두에게 첫 출발을 기념하는 세리머니에 참석하기를 제안했습니다. 그녀의 인도로 순례자들은 거실에 둥그렇게 모여 섰고, 다 함께 눈을 감았습니다. 그러자 그녀는 우리의 여정을 축복하는 따뜻한 문장들을 나지막이 읊조리기 시작했습니다. 얼마나 시간이 흘렀는지 모르겠습니다. 어느새 우리 모두는 서로의 손을 맞잡았고, 손과 손으로 전해지는 따뜻한 체온을 느끼며, 길 위에서 각자가 얻게 될 무언가에 대해 진심으로 바라주었습니다. 길을 걷는 내내 제 손바닥에는 그들이 전해준 온기가 잔열처럼 남아 있는 것만 같았습니다.

순례길이 그저 걷는 행위에 그치지 않는 이유가 여기에 있습니다. 길 위에서 일면식도 없는 이들과 수없이 만나고 헤어질 때마다 순례자들은 활짝 미소를 지으며 "부엔 까미노(좋은 순례길 되세요)"라고 말합니다. 여행의 안녕을 서로 바라주고, 서로의 여정에 온기를 더하는 일입니다. 타인이라는 존재에 대한 순수한 애정과 삶에 대한 충만함을 그토록 오래도록 품게 되는 경험은 결코 흔하게 가질 수 있는 것이 아닙니다.

순례자를 위한 기도

눈을 감고 천천히 숨을 들이쉬고 내쉬세요. 오늘은 까미노를 시작하는 날입니다. 마음속으로 까미노를 걷기로 마음먹은 그 순간으로 돌아가 보세요. 어떤가요?

당신이 이 여행을 결정한 이유는 무엇입니까? 어떤 기대가 있나요? 혹은 달성하고 싶은 목표가 있나요? 결국 당신이 찾고 있는 것은 무엇입니까?

이제 조금 시간을 거슬러 올라가봅시다. 오늘을 위해 당신이 튼튼한 신발을 비롯하여 필요한 모든 것들을 구입하는 모습, 사랑하는 사람들에게 작별 인사를 하는 모습을 떠올려보세요. 그리고 이제 다시 이곳으로 돌아와 발이 땅에 닿는 것을 느끼세요.

오늘은 여정의 첫날입니다! 마음을 고요하게 하고, 당신에게 익숙했던 장소와 사랑하는 사람들을 뒤로 하고 홀가분하게 떠나십시오. 당신을 사랑하는 이들은 당신이 돌아올 때를 위하여 여전히 그곳에서 당신을 기다리고 있을 것입니다. 이제부터는 오로지 당신을 위한 시간입니다.

나는 당신이 산티아고로 떠나는 여정을 위해 함께 할 겁니다. 당신에게 까미노에 대해서 어떤 기대나 목표가 있다면, 미련 없이 그것들을 제게 남겨두고 가시기 바랍니다. 당신은 그것들이 필요하지 않을 거예요. 마음을 비운다면 까미노가 당신에게 자연스럽게 가져다줄 것들이기 때문입니다. 새로운 사람들을 만나고, 새로운 친구를 사귀고, 길이 당신에게 보내는 이야기를 위해 마음을 열어보세요. 그렇게 한다면 단순히 길을 걷는 일만으로도 당신의 내면 깊은 곳에서 당신만의 진심을 찾는 경험을 하게 될 것입니다.

Close your eyes, feel the ground underneath your feet and connect with it.
Wiggle your ankles, and slowly move your attention upwards towards your
nees, move them a bit, and if you experience any tension, try
to let go upwards. Move your attention to your hips, loosen them,
as you go further upwards, feel your belly, your back, concentrate
on your breathing. Breath in. Breath out.
Today is the day you will start your Camino. Now, in your mind, go back
to the moment you decided to walk the Camino. How did you feel?
and why is it what in it. What you made the decision to go on
this journey? Look at it for a moment. Do you have expectations? Do you have
certain goals you want to achieve? and what is it that you're looking for? Now,
in your mind, go back in time a bit. See how you've been preparing yourself for this day,
Buying your shoes and all of the other things you might need. See yourself informing your
loved ones about the journey you're heading for, and saying your goodbyes.
Now in your mind come back to the here and now, feel your feet touching the
Ground. Today is the day! Allow your mind to go blanc,
and allow your self to leave your home and your loved ones
behind. It's sake, It will all be there when you
come back, now, It's time for you.
To be you with you, on your journey to
Santiago. If you have expectations.
or even goals, I invite you to
leave them behind as well. You won't
need them. Empty your mind, and open your
Heart for whatever it may be that this Camino
will bring you.

믿어보세요. 결국 까미노는 당신이 필요한 모든 것을 가져다 줄 거예요.

자, 이제 배낭의 무게를 느껴보세요. 이제 이 배낭은 당신이 길에서 가지고 다니게 될 유일한 짐입니다. 그 외의 모든 것들은 여기 남겨두고 가세요. 부엔 까미노Buen Camino.

하루에 20킬로미터에서 40킬로미터 사이를 매일 걷는 건 쉬운 일이 아닙니다. 7시간에서 10시간가량을 걷는 동안 산을 오르기도 하고, 작은 마을과 도로를 무수히 지나기도 합니다. 솔직히 다른 알베르게에 도착할 때까지 삶에 대한 심오한 고찰이나 사유를 한다기보다는 몸에 가해지는 원초적인 고통과 목적지에 대한 갈망에 집착하게 됩니다. 하지만 그 와중에도 만나고 헤어지기를 반복하는 수많은 순례자들의 밝은 인사와 호의 가득한 마을 사람들의 미소가 힘을 북돋워줍니다. 푸드덕 날아오르는 작은 새들의 지저귐, 풀벌레 소리와 잎사귀들이 바람에 서걱거리는 소리, 작은 모래알들이 부비며 만들어내는 발자국소리들이 큰 위로와 용기를 안겨줍니다.

달리기를 좋아하는 이들이 뛰다가 어느 순간 고통을 잊는 현상을 러너스 하이runner's high라고 하듯, 걷기 도중에도 이런 사소한 멋진 일들이 워커스 하이walker's high를 선사합니다. 'Pilgrim's high'라고 해야 할까요. 이 작고 놀라운 순간들에 모든 감각을 집중할 수 있고, 거기에서 즐거움을 얻는 저를 발견할 때, 길 위에 있는 이 시간이 견딜 수 없을 정도로 행복하다고 느끼게 됩니다. 물론 벅찰 때는 '대체 내가 여기서 뭘 하고 있는 거지?' 하는 생각도 들긴 하지요.

삶의 어려운 순간들을 헤쳐 나가기 위해 스스로 찾아낸 행복의 방법들은 알 수 없는 어떤 미래에 다가올 힘겨운 날의 끝자락에 작은 위안을 줄 수 있는 선물을 예비합니다. 지난 날, 첫 번째 순례길 위에서 육체적, 정신적으로 힘든 순간들을 마주했을 때마다, 제 삶과 다가올 미래가 이 순례길 같았으면 좋겠다고 일기장에 써 놓았던 기억이 납니다. 스스로 제 삶의 방향을 선택하고, 그 선택이 주는 모든 고통과 환희를 기꺼이 받아들일 수 있는 삶을 살아가고 싶다고 간절히 바랐습니다. 이 길은 그런 종류의 용기를 낼 수 있는 용기를 선사합니다.

길에서 누군가를 만나 속도를 맞추어 걷다 보면 인종과 나이, 성별에 관계없이 친구가 됩니다. 이런저런 이야기를 나누지만, 종국에는 도대체 왜 이 먼 곳까지 일부러 떠나와서 이렇게 사서 고생을 하는지에 대한 저마다의 사정에 대해 털어놓게 됩니다. 그리고 살아온 환경이나 시간은 제각각이지만 결국 떠나온 이유는 비슷하다는 공통점을 깨닫게 됩니다. 누군가를 사랑하게 되면 사소한 것까지 모두 알고 싶어지는 것처럼, 순례자들은 스스로를 그 누구보다 사랑하기에 굳이 이 멀고 먼 길을 걷기로 결심한 이들입니다.

4월이었지만, 스페인의 낮은 생각했던 것보다 훨씬 뜨거웠습니다. 그래서 한시라도 빨리 목적지에 도착하기 위해 이른 시간부터 걸음을 옮기곤 했습니다. 이른 새벽의 길 위로는 별빛이 가득했습니다. 별들의 배웅을 받으며 새벽의 어둠을 헤치고 나아갈 때면, 수많은 꿈들 속에서 방황했던, 설렘과 불안의 농도가 모두 함량초과였던 유년의 나날들이 떠올랐습니다.

유년의 가슴 속 밤하늘을 가득 채운 꿈의 별들이 하나도 빠짐없이 모두 아름답고 반짝거려서, 그중에 어느 것 하나를 가장 아름다운 것이라고 이름 붙일 수 없던 두근거림과 열망, 그리하여 어른이 되기까지를 기다리는 일이 고통스럽게 느껴질 정도로 조바심 나던 그때의 무수한 시간들.

그러던 어느 날, 새벽의 어둠 속에서 문득 한 표지석을 발견했습니다. 목적지인 산티아고까지의 거리가 40킬로미터도 채 남아있지 않은 걸 알려주고 있었습니다. 여정이 끝난 것도 아니었는데 자꾸 눈물이 쏟아졌습니다. 그 새벽의 숲길 위로 오래도록 울며 걸었습니다. 그 눈물은 처음 순례길을 걸었던 10년 전의 저에게 건네는 위로이자 안부였습니다.

이제는 스스로에게 조금 더 당당해졌다고, 긴 방황 끝에 그 초라했던 두 손이 나만의 쓸모를 찾았다고, 그리고 마침내 이곳에서 오래도록 너를 만나러 돌아왔다고.

등산화 밑창 아래로 자박거리며 바스러지는 모래알 소리가 숲의 고요 속으로 박자를 맞추어 울려 퍼지던 그 순간들은 꿈을 좇는 데에 지나칠 정도로 스스로에게 가혹했던 제게 더없는 위로가 되었습니다. 오래전부터 반짝이던 꿈의 별빛들이 여전히 그곳에서 자리를 지키며 등대처럼 깜빡이고 있다는 사실과, 그리고 여전히 제가 그들의 희미한 불빛을 발견하려 애쓰고 있다는 사실이 주는 위안에 감사하게 되었습니다. 제가 캔버스를 마주하는 일은, 그러한 위로와 감사의 마음을 세상과 나누는 일입니다. 결국 그 일들이 가능하도록 허락한 이 세상에 대한 작은 보답이자, 저의 일로 인해 누군가가 마침내 그 작은 불빛들을 발견하기를 바라는 간절한 바람입니다.

⟨**The Seeker**⟩, 116×91cm, gouache on canvas, 2023.

약속

그런 풍경이 있습니다.

너무나도 찬란하고 아름다워서, 속절없이 그 시간을

흘려보내는 것이 고통스럽게 느껴지는 풍경이.

그 찰나를 움켜쥐려 수없이 카메라의 셔터를 눌러봐도,

기억해두려 애쓰면 애쓸수록 오히려 아쉬움만 남는 풍경이.

어쩌면 아름다움이란

아쉬움의 다른 표현일지 모른다는 생각을 합니다.

제게 글을 쓰는 일, 그림을 그리는 일은 그 아쉬움의 잔영을,

풍경의 자취를 좇는 일입니다. 약속이기도 합니다.

그 풍경 속에 당신을 초대해 나란히 바라보겠다는 약속.

일기

    오래전의 일기를 들춰보는 일은 설레기도 하지만, 쥐구멍을 찾고 싶은 심정으로 끝날 때가 더 많은 것 같습니다. 지금 보면 부끄럽고 어설프기만 합니다만, 일기 속 그 시절의 제 모습은 당당했고, 오만했고, 이해하기 힘든 편견도 가지고 있었습니다. 패배주의에 빠져 있다가도 거의 조울증 수준으로 삶을 낙관하게 되는 모습들도 발견하게 됩니다.

    과거나 지금이나, 저는 여전히 제 자신을 믿는 걸 무척이나 어려워합니다. 극도로 두려움에 가득 찬 눈으로 다가올 미래를 노려보다가도, 언제 그랬냐는 듯 무모할 정도로 낙천적인 척 현재에 충실하려고 애쓰게 됩니다. 그것은 제 그림과 글에도 해당되는 이야기입니다. 매번 전시회를 준비할 때면, 열정과 욕심과 열기, 호기심에 들떠 달려들다가도, 막상 전시회의 시작을 앞두고 준비를 마친 작품들을 둘러보고 있자면 당장 예정된 전시를 취소하고 싶을 만큼 부끄러워지기도 합니다. 결코 대하기 쉽지 않은 감정입니다만, 저는 거기에서 위안을 찾습니다. 그 부끄러운 감정은 결국 성장의 허물이자 소산이며, 저 스스로가 자신에 대하여 훌륭하진 않더라도 부끄럽지 않은 멘토이자 스승이 되려 노력했다는 증거일 테니까요.

그리하여 오늘도 저는 부끄러운 일기를 쓰려 합니다.

흐르는 시간에 침식되기보다는 계절처럼 깊어지는 나를 만나고 싶습니다.

그림을 사랑하는 사람

저는 말보다는 글을,

글보다는 그림을 조금 더 사랑하는 사람입니다.

그다지 말주변이 없어 재미있는 농담을 하거나,

오래도록 도란도란 이야기를 나누는 일에는 서툽니다.

그러나 홀로 쓰고 지우기를 수없이 반복하는 동안

남겨진 문장과 성숙한 침묵을 남기는 일,

그 침묵이 전하는 세상의 이야기들을 읽는 일을 좋아합니다.

그리고 마침내 모든 언어적 한계로부터 벗어나

캔버스 위에서 상상의 자유를 부여하는 일을 사랑합니다.

저는 그 일로 하여금

서로의 삶 속에 수많은 새로운 이야기들이 전해지기를

갈망하는 사람입니다.

⟨**A Dreamer**⟩
53×45.5cm, gouache on canvas, 2022.

보통의 삶

몇 년 전, 직장인 밴드를 하는 친구의 공연에 다녀온 적이 있습니다. 고등학교 시절부터 알고 지낸 그 친구가 밴드를 시작했다고 이야기했을 때에는 사실 대수롭지 않게 생각했습니다. 그저 반복되는 일상에서 벗어나 즐기는, 적당히 진지한 취미 정도로 여겼습니다.

하지만 사실은 그것이 그의 꿈이었고, 음악을 공부하기 위해 유학을 진지하게 생각한 적이 있다는 것도 저는 알고 있었습니다. 그 소망을 잘 아는 만큼이나 그의 현실적인(금전적인) 상황도 너무나 잘 알고 있었습니다. 대학을 졸업하고 군대를 제대하자마자 취직해 치열한 생업의 전선에서 분주한 삶을 살아내고 있다는(그럴 수밖에 없다는) 것을 누구보다 잘 알고 있던 터였습니다.

20대 후반 즈음, 우리는 가끔 학창 시절의 추억이 남아 있는 동네의 작은 공원에서 밤늦게 만나 캔 맥주를 마시며 이야기를 나누곤 했습니다. 우리가 잃어온 것과 잃어버릴 것들, 소망하는 것들에 대한 넋두리 같은 것이었습니다. 그 시절 우리가 가장 두려워했던 건, 현실이라는 파도 앞에서 소중한 꿈은 제쳐두고 '평범한 사람'이 되는 운명을 따르게 되는 것이었습니다. 당시에는 저 또한 그림을 그리는 시간보다는 재료비와 생활비를 벌기 위해 아르바이트를 하는 시간이 더 많았습니다. 우리는 어떻게 해볼 수 없는 그 불안감을 핑계삼아 그저 캔 맥주를 부딪치며 그래도 잘 될 거라며 서로에게 기약 없는 위로를 건넬 뿐이었습니다.

그렇게 시간은 흘러갔고, 어느 날 그가 공연을 보러 오라며 오래간만에 연락을 해 왔습니다. 그 단 하루의 공연을 위해 일 년을 연습했고, 분명 저도 좋아할 거라면서요.

그가 알려준 공연장으로 찾아가는 길에 발견한, 담벼락에 붙어 있던 포스터 위에는 밴드마스터로 표기된 그의 이름이 큼지막하게 존재감을 드러내고 있었습니다.

작고 아담한 지하 콘서트장에서 공연은 시작되었고, 드디어 무대 위로 그가 모습을 보였습니다. 긴장이 되었는지 조금 상기된 표정으로 관객들에게 재미없는 농담을 날렸을 때는 제 얼굴이 빨개질 지경이었습니다. 하지만 공연이 시작되고, 진지한 표정으로 키보드를 두드리며 공연을 이끌어 나가는 그의 모습은 제가 그동안 봐 왔던 어떤 공연장에서도 느낄 수 없었던 깊은 울림을 주었습니다. 결코 단 한순간도 꿈을 잊어버린 적 없는 사람의 표정이 거기에 있었습니다.

철없던 시절의 우리가 무작정 두려워했던 '보통의 삶'이란, 어쩌면 남들과 확연히 구분되는 특별함을 좇는 일이 아닌, 결국 각자의 삶 속에서 자신만의 '보통'을 찾아가기 위한 단 하나의 특별한 여정일지 모른다는 생각을 합니다.

모자라거나, 넘치지 않는 그 보통의 균형을 찾아가는 삶의 고단한 여정을 지속하는 데에는 스스로에 대한 믿음도 중요하지만, 결국 나의 보통 속에서 가장 반짝이는 무언가를 알아차려주는 이들이 있기에 우리의 삶은 비로소 서로에게 특별한 의미로 다가오게 됩니다.

우리를 이 세상 속에서 함께 존재하게 하는 일,

서로에게 무해한, 보통의 삶을 살아가는 일이란 그런 것일지 모릅니다.

우리를 이 세상 속에서 함께 존재하게 하는 일.

서로에게 무해한

보통의 삶을 살아가는 일.

〈**The Dreamer**〉, 78.8×54.5cm, gouache on Arches paper, 2023.

영원한 하루

그리스의 크레타 섬을 여행하던 어느 여름, 무려 2,000살이 넘었다는 플라타너스를 보러 가는 도중에 작은 마을에 들러 잠시 산책을 했습니다. 주민이 100명이 되지 않는 아담한 산골 마을이었고, 포근한 햇살이 온기를 쏟아내기 시작한 늦은 오전이었습니다. 마을의 길 위에서 한 노인을 만났습니다. 노인은 카페 입구에 앉아 햇볕을 쬐고 있었고, 저와 눈길이 마주치자 커피를 마시고 가라며 손짓을 했습니다. 순수한 호의인지 아니면 단순한 호객 행위였는지 알 수는 없었지만, 저는 카페로 들어갔습니다. 무척 오래되어 보이는 카페 안에는 수많은 그리스 철학자들의 그림과 오래된 사진들이 장식되어 있었고, 그 분위기 때문이었는지 그들

이 제게 말을 거는 것처럼 느껴졌습니다.

손님은 저 혼자뿐이었습니다. 커피를 한 잔 마시겠다고 말하자, 노인은 진한 그리스 커피와 달콤한 빵 한 조각, 물을 직접 가져다주었습니다. 그러고는 제 맞은편에 앉아, 벽에 붙어 있는 오래된 사진들을 가리키며 이야기를 시작했습니다.

물론 저는 그의 그리스어를 단 한마디도 이해할 수 없었습니다. 하지만 이미 오래전에 흘러가버린 아쉬운 그 시간들을 되살려 내려는 듯, 그의 눈동자가 맑게 빛나는 것을 볼 수 있었습니다. 카페의 벽에 빼곡하게 붙어 있는 군복을 입은 그의 젊은 시절 사진들과 알바니아, 불가리아와 같은 단어로 유추해 볼 때, 혈기가 넘치던 시절의 젊음은 아마도 그리스의 독립을 위해 바쳐졌으리라 생각했습니다.

가끔 한 권의 소설보다 한 줄의 시가 우리에게 더 많은 것을 가져다주기도 하듯, 그의 눈빛, 아련하고 나긋한 목소리와, 빛바랜 사진들은 제게 형언할 수 없는 감정을 불러일으켰습니다. 마치 따스한 오후 햇살에 녹아내리는 작은 눈사람을 지켜보는 것처럼 애틋한 마음이 들었습니다.

카페를 나와 구글 지도에서 이 오래된 카페에 대한 리뷰를 찾아보니, 7년 전에 작성된 것이 눈에 띄었습니다. 진하고 맛있는

LES CYCLONES

PAR

L. BESSON

TROMBES ET TEMPÊTES

Les perturbations de l'atmosphère qui sont marquées par un vent violent, les *tempêtes*, en un mot, peuvent se ranger en deux catégories.

Dans la première se placent les vents propres à certaines régions, tels que le *simoun*, le *kamsin*, le *mistral*, le *bora*. Ces vents soufflent toujours sensiblement du même point de l'horizon et ils se propagent d'un lieu à l'autre à peu près en ligne droite. Ils se rattachent directement au système normal de circulation de notre atmosphère, et leur violence habituelle n'est qu'une conséquence de la configuration particulière des pays où ils se font sentir.

Tout autres sont les tempêtes marines et les bourrasques des contrées continentales. Ce sont des phénomènes essentiellement tourbillonnaires, analogues, au moins dans leurs caractères généraux, aux tourbillons de poussière des routes et aux tourbillons des cours d'eau. Cette assimilation n'est pas nouvelle. Le mot tourbillon a été appliqué dès l'antiquité aux tempêtes, mais ce n'est qu'au commencement de ce siècle que les lois du mouvement de l'air dans ces météores ont été étudiées et précisées.

Les navigateurs ont donné des noms divers aux tempêtes, suivant les régions de l'Océan où ils les ont rencontrées.

Dans la mer des Antilles, elles se nomment proprement

그리스식 커피를 내려주는 주인 할머니와 자신의 역사를 흥미진진하게 들려주는 친근한 할아버지에 대해 쓰여 있었습니다. 그리고 비교적 근래에 작성된 리뷰 중 하나에는 그의 아내가 세상을 떠났다는 것을 알려주는 내용이 있었습니다.

하지만 노인은 무수한 이별들 속에서도 여전히 하루를 영원처럼 살아가는 것 같았습니다. 그를 잠시 스쳐가는 수많은 이방인들의 꿈속에서 그는 영원처럼 남아 있게 될 테니까요. 그러나 결국 이별만이 우리 인생의 종착지인 걸까요. 단언컨대, 2,000년을 버텨온 플라타너스일지라도 대답하기 어려울 것입니다.

가장 빛나는 추억을 나누어 준 그에게 감사 인사를 전합니다.

건강하시기를.

번역과 고백

예술가는 작업을 통해 스스로에게 상처주고, 그러나 그로 인해 위안을 얻는 일을 반복하는 사람들입니다. 예술가가 작업을 통해 이야기하고자 하는 주제는 세상을 향해 있기도 하지만, 동시에 자신의 내면을 향한 고백이기도 합니다. 결국 그 모든 일들은 내면 깊은 곳에 있는 기억과 감정, 지극히 사적인 감각들 속에서 시작되기 때문입니다. 그것들을 세상과 소통하기 위한 '이미지'라는 언어로 번역하는 과정을 예술가의 작업이라고 할 수 있을 겁니다.

그래서 저는 때로는 그 '번역과정'에서 다양한 언어를 시험해 보는 연습을 통해 오랫동안 묵혀두었던 제 자신과의 대화를 나

누는 소중한 시간을 보내곤 합니다. 그 일들은 거의 일 년 내내 홀로 머무르는 작업실에서 이루어집니다. 그래서인지 전시장이라는 누구에게나 공개된 장소에 그 시간들을 풀어놓는 일이 부끄럽게 느껴질 때가 많습니다. 여러 작가와 함께 하는 전시회는 부담이 덜한 편입니다만, 개인전의 경우는 그렇지가 않습니다. 횟수로만 이미 스무 번이 넘는 개인전을 치러냈으면서도 쉬워지거나 익숙해지지가 않습니다. 물론 절대로 익숙해지면 안 되는 종류의 일이기도 합니다. 개인전이란 단순히 제 그림으로 전시장을 가득 채우는 것이 아니라, 한 예술가의 과거와 현재 그리고 미래의 방향을 압축해서 보여주는 서사이기 때문입니다.

성격상 셀카 한 장 찍는 것도 어렵고 부끄러워하는 저이기에, 개인전을 준비하다가 당장이라도 도망을 치고 싶을 때가 한두 번이 아닙니다. 어쩌자고 이런 일들을 자꾸 저지르나 싶으면서도, 그럼에도 제 작품을 알리지 못한다면 정작 제 직업의 의미를 영영 잃을 수도 있기에, 다시 마음을 다잡고 전시장으로 향하기를 반복해 왔습니다. 결국 저라는 사람은 오직 그림을 그리는 일을 통해 스스로와 이 세상을 아주 조금씩 더 이해해 나갈 수 있다고 믿기 때문입니다.

일본의 화가 요시토모 나라가 40대 시절 쓴 자전적 에세이

《작은 별 통신》에는 이런 문장이 있습니다.

"전시 준비가 끝나는 순간, 내 안에서는 그 전시회가 막을 내린다. 오프닝 날을 기다리지도 않은 채."

오랜 시간 공들여 준비한 개인전의 첫날, 떠들썩했던 오프닝과 정신없는 일과를 마치고 집으로 돌아가는 늦은 밤이면 저는 늘 요시토모의 그 짧고 쓸쓸한 독백을 떠올렸습니다. 어쩌면 모든 직업적 행복과 환희와 절정은 오롯이 나 홀로 모든 과정을 마주하는 작업실에 머물러 있는 건 아닐까 하고 생각하면서요.

막상 전시의 막을 열어젖히고 나면, 창작의 환희로 활활 타올랐던 모닥불이 마침내 잦아들고 잔열을 전하듯 차분하게 가라앉는 기분을 마주하는 것도 그 때문일지 모르겠습니다. 전시회란 제게 있어 결국 작별의 과정이자 이별의 다른 표현이니까요.

그럼에도 이별이 있기에 또다른 새로운 만남이 시작되겠죠.

C'est la vie

스무 살 때 썼던 일기를 보면, 이런 내용이 있습니다.

"어느 날 갑자기 신이 내 앞에 나타나 '너는 이제 딱 일 년(혹은 한 달)만 살 수 있다'라고 선고한다면 기쁨의 눈물을 흘릴 거야."

그땐 만약 이와 같은 일이 일어난다면, 제 자유의지와 전혀 상관없이 시작된 (던져진)삶이라는 가혹한 형벌에 대한 최소한의 배려이자 위로가 되지 않을까 하고 생각했던 것 같습니다.

개인적으로 저는 니체를 좋아합니다. 니체는 삶이 우리 자신의 온전한 의지로 시작되지도 않았기에 어떤 약속도, 기약도 없는 비극적 속성을 알고 있었습니다. 그래서 그는 오히려 삶을 사랑하는 방법에 대한 이야기를 할 수 있었던 사람입니다.

공황장애가 심했던 지인 한 분이 그 병을 치료하는 과정에 대한 이야기를 들려준 적이 있습니다. 약도 먹고, 상담도 받고, 해볼 수 있는 일은 다 해봤는데도 오히려 증세가 제자리걸음이던 차에 일본의 전문 치료사를 만났는데, 이후 거의 완치됐다고 했습니다. 일본 치료사가 제시한 치료법은 다소 극단적이었습니다. 다이빙 장비를 갖추고 10미터 이상 잠수한 뒤 어둠 속에서 시간을 보내는 것이었다고 합니다. 물속에서는 마치 영화 〈인터스텔라〉에 나오는 5차원의 시공간처럼 방향감각을 잃어버리고, 극도의 두려움을 느끼게 된다고 했습니다. 그처럼 자신이 두려워하는 본질과 마주하고, 그 정체를 어렴풋이나마 감각하게 되면, 그때부터 어떻게 싸워나가야 하는지에 대해 자연스럽게 체득하게 된다고, 치료사는 말했다고 합니다. 물론 그 치료법이 정말 효과가 있는지, 겪어보지 않은 제가 판단을 내릴 수는 없습니다만, 그 이야기만은 무척 인상이 깊었습니다.

삶은 어쩌면 캄캄한 바닷속으로 던져지는 것과 다름없을지 모르겠습니다. 그렇기에 우리는 늘 표류하고 방황하게 되지만, 바로 그것이 삶이라는 것을 직시할 수 있을 때 비로소 삶을 대하는 목적과 용기를 얻게 되는 게 아닐까요. 삶의 비극 앞에서 당당하게 대적했던 니체의 한마디처럼요.

"이것이 삶이었던가, 그렇다면 다시 한 번!"

"

이것이 삶이었던가,

그렇다면

다시 한 번!

"

〈**6AM**〉, 116×91cm, gouache on canvas, 2023.

계절 이별

　머나먼 풍경을 보고 있자면, 그곳으로 당장에 달려가고 싶은 열망에 부풀고, 비로소 그 풍경 속에서는 떠나온 곳에 대한 그리움으로 애틋해집니다.

　어쩌면 저는 이런 고달픈 방식으로나마 삶을 사랑해보려고 애쓰는 종류의 사람인지도 모르겠습니다. 이런 방식이 아니라면, 결코 채워지지 않는 그 무엇이 있는지도요.

　그렇기에 그 어떤 여행이든 그 여정을 마치는 일은 어느 소중한 계절과 끝내 작별하듯 아쉬우면서 동시에 새로운 계절을 맞이하는 것처럼 설레기도 합니다. 긴 여행으로 인한 고단한 여운이 선사하는 깊은 잠 속에서 또다시 어딘가로 떠나는 꿈을 꾸게 되니까요.

　제게 그림을 그리는 일, 글을 쓰는 일은 이처럼 먼 풍경을 꿈꾸는 일입니다.

　끝없이 그리운 마음으로 하루와 한 달, 그리고 계절을 기다리는 일입니다.

먼 풍경을 꿈꿉니다.

그리운 마음으로

하루, 한 달,

계절을 기다리듯.

⟨**The Hitchhiker of the galaxy**⟩, 181×227cm, gouache on canvas, 2023.

울음의 의미

해운대의 새하얀 백사장이 한눈에 보이는 전시장에 그림을 걸었던 적이 있습니다. 도도새 한 마리가 해변에 앉아 먼 수평선을 바라보고 있는 그림이었습니다. 전시가 예정되고, 공간을 구상하던 처음 순간부터 그 장소를 염두에 두고 그린 그림이었습니다.

봄의 문턱을 넘는 계절이었고, 해변을 걸을 때면 동백섬으로부터 실려 온 붉은 꽃내음이 코끝을 간질이곤 했습니다. 연한 햇살이 길게 들어오던 어느 늦은 오후, 한 신문사의 기자와 인터뷰를 나누며 전시장을 돌다 마침내 그 그림 앞에 다다랐을 때, 작은 소동이 있었습니다. 신문사의 문화부 소속으로 늘 수많은 전시에 대한 기사를 써 왔다는 그녀는 그림 앞에서 눈물이 난 적은 처음이라고 했고, 우리는 서로 몹시 당황했습니다.

그와 비슷한 일이 전시 기간 동안 몇 번인가 있었습니다. 전시장을 지키던 직원이 슬쩍 소식을 전하기도 했고, 제게 직접 메시지를 보낸 분도 있었고, 방명록에 수줍게 적은 분들도 있었습니다. 그런 촉촉한 소식들은 오래전, 오로라를 보기 위해 먼 북쪽 나라를 여행했던 일을 생각나게 했습니다.

북극권에 가까운 어느 작은 마을에 접한 얼어붙은 호수 위에서, 저는 살갗을 에는 차가운 바람을 맞으며 자정 무렵까지 하염없이 오로라를 기다렸습니다. 추위로 손과 발의 감각이 거의 없어질 즈음, 남풋빛의 산맥 너머에서 조그맣게 너울거리던 녹색 빛이 삽시간에 장막으로 변해 머리 위 밤하늘을 가득 채우고 춤을 추기 시작했습니다. 그 춤이 너무나도 황홀해서, 저 빛과 함께 하늘 저 편으로 사라져 영원히 춤을 출 수 있다면 더 이상 바랄 게 없겠다고 생각했습니다.

여태껏 그렇게 완벽한 춤을 본 적은 없었습니다. 중력조차 방해하지 못하는 자유롭고 숭고한 춤. 그 순간, 저는 어디에서도 얻을 수 없는 종류의 미적인 경이로움을 느꼈습니다. 동시에 예술을 업으로 삼아 그 일에 종사하는 한 인간으로서, 어떠한 방법으로도 흉내 낼 수 없을 그 절대적인 미美에서 비롯되는 무력감과 충만함의 감각을 어떻게 받아들여야 할지 몰라 그만 저도 모르게 눈물을 흘리고 말았습니다. 그런 압도적인 아름다움 앞에서 저의 창작이 이 세상에서 전혀 무용無用한 것처럼 느껴졌기 때문입니다.

　그래서였을까요. 누군가가 제 그림을 보며 눈물을 흘렸다는 그 이야기가 무척 고맙고 각별하기만 했습니다. 저 스스로가 어느 누군가에게 유용有用 할 수 있다는 사실만으로도 무척 기뻤으니까요. 얼어붙은 호수 위에서 흘렸던 울음의 기억이 언제까지나 제 마음 속에서 유영하고 있듯, 그들의 눈물 자국은 제가 빈 캔버스를 마주할 때마다 늘 그곳에 스며들어 있습니다.

⟨**On the milky way**⟩, 181×227cm, gouache on canvas, 2023.

건배사

프랑스 파리의 시떼 섬 인근에는 시떼 데자르Cite des arts라는 예술가 공동체가 있습니다. 시㙴에서 운영하는 유서 깊은 곳으로, 미술, 음악, 무용할 것 없이 다양한 분야의 예술가들의 작업실 겸 거주 공간이 마련되어 있는 곳입니다. 이러한 종류의 예술 지원 사업을 '레지던시 프로그램'이라고 부릅니다. 예술가들은 이곳에서 짧게는 한 달, 길게는 일 년 넘는 시간을 머물며 작품 활동을 하고, 동료예술가들과 교류합니다.

사실 예술가라는 직업은 장소를 옮겨가며 일을 하기에 그다지 적합한 직업은 아닙니다. 저만 하더라도 그림을 그리려면 물감과 붓을 비롯해 온갖 도구가 있어야 하고, 그것들이 마땅히 그려져야 할 적당한 종이나 천도 필요합니다. 뿐만 아니라, 가능만 하다면 천장고가 높고 넓은 빈 공간이 필요합니다(넓으면 넓을수록 좋습니다). 단 한 사람이 어떤 일을 제대로 효율적으로 수행하기 위해서 점유해야 하는 최소 공간의 크기를 직업별로 순위를 매겨본다면, 가장 가성비가 떨어지는 직업 중 하나가 예술가이지 않을까 싶습니다. 그럼에도 그 모든 불편함과 번거로움을 등에 업고 세계 곳곳으로 떠나는 예술가들과, 그들을 받아주는 레지던시가 수없이 존재합니다. 그들이 떠나는 이유는 명확합니다. 익숙함에서 벗어나 나와 완전히 다른 세계를 가진 이들과 교집합을 만들고, 서로 영감을 주고받는 일을 할 수 있는 곳이 바로 레지던시이니까요. 그리고 이 두 가지를 받아들이고 소화할 수 있는 가성비가 가장 좋은 직업이 바로 예술가라고 생각합니다.

코로나로 답답했던 2022년의 봄과 여름 사이, 약 세 달 동안 저는 파리의 시떼 데자르 예술가 레지던시에 머물렀습니다. 이전에 미국과 일본에서도 비슷한 프로그램에 참여했었기 때문에, 시떼는 세 번째 해외 레지던시 프로그램이었습니다.

고백하자면, 떠나기 전 해에 이미 파리행이 확정되었음에도 불구하고 그 사실 자체가 좀처럼 믿기지 않았습니다. 여름에 개인전이 예정되어 있었고, 파리로 떠나기 전에 전시에 관한 모든 준비를 마쳐놓아야만 했습니다. 때문에 레지던시 참가는 뒷전으로 미뤄두고 전시회 준비와 해치워야 할 프로젝트에 몰두할 수밖에 없었습니다. 그러다 어느새 정신을 차려 보니 저는 파리행 비행기에 몸을 싣고 있었습니다.

학교가 아닌 곳에서 처음 작품을 발표한 이후로 어느덧 10여 년이 흘렀습니다. 대부분의 미술대학 학생들이 학교에서의 졸업 전시를 끝으로 붓을 꺾고 취업전선에 뛰어드는(뛰어들 수밖에 없는) 현실 속에서 작가라는 직업을 선택했던 순간은 주변 사람들을 포함해 저 스스로에게도 큰 두려움을 안겨주었습니다. 그럼에도 작가로 살아남고 말겠다는 간절함은 도무지 불가능할 것 같은 일에 도전하게 하는 계기가 되어주었던 것 같습니다.

이제는 그림을 그리기 위해 아르바이트를 두세 가지씩 해야만 했던 상황은 완전히 벗어나게 되었습니다만, 그것도 비교적 최근의 일이기 때문에 제게는 여전히 과거의 조급하고 분주한 습관이 몸에 배어 있습니다. 주변 동료들은 제게 '예술 공무원'이라는 별명을 붙여주었고, 저는 그 별명이 마음에 들었습니다. 성실의 아이콘이자 예술에 복무하는 제대로 된 노동자가 된 느낌이었습니다. 점점 저와 제 작품을 찾는 사람들이 많아졌고, 거기에 대한 감사한 마음을 오로지 성실함으로 보답하자고 마음먹었습니다. 그 누구보다 일찍 일어나서 하루를 시작하고, 그 누구보다 많은 시간을 작품 활동에 쏟는 부지런한 생활을 한다며 수없이 인터뷰에 떠들어대곤 했습니다. 하지만 그러는 동안 그 지독한 부지런함을 핑계로 스스로를 끝없이 연소하는 데에만 바빴던 것입니다. 그렇기에 더 멀리, 더 오래 걷기 위해 단단하고 확실한 계기를 만들어야만 했습니다. 모리셔스 섬으로 도도새를 찾아 지도에 없는 여행을 떠났던 것처럼요.

작가의 역사에서 볼 때 저는 '작품 활동의 초기'라고 기록될 시간을 보내고 있다고 생각합니다. 그래서 저는 작지만 의미 있는 쉼표이자 다음 문장을 위한 마침표를 찍는 시간을 보내고 싶었습니다. 조금은 힘을 빼고, 숨이 차도록 달리던 다리를 잠시 멈추고 천천히 걸어보자고 마음먹었습니다. 하지만 습관이란 무서운 것이어서, 이왕 파리에 왔으니 새로운 무언가를 창작하고 발표해야 한다는 강박이 불쑥불쑥 튀어나왔습니다. 어쩐지 먼 타국에서 홀로 멈춰 있는 것만 같아 조급하고 불안해지기를 반복했습니다. 이런 고민을 오랜 동료 작가 L에게 털어놓자, 그녀는 지금 그곳에 머무는 일만으로도 충분히 괜찮다고, 지금도 너는 여전히 너의 길을 걸어가고 있는 거라고 이야기해 주었습니다. 그 말 한마디가 무척 고마웠습니다. 제가 작가로서 보낸 그간의 시간들을 저 자신만큼이나 잘 알고 있는 그녀였으니까요. 그 이후

로 저는 파리에서 제 업이 주는 즐거움과 괴로움을 오롯이 혼자서 느끼고, 맛볼 수 있었습니다. 조금 더 저의 업을 사랑하는 사람이 되어 떠나왔던 곳으로 돌아가기 위해서요.

저를 아는 많은 분들이 제가 파리에 머물렀을 때 했던 작업에 많은 변화가 보인다고 이야기해 주었습니다만, 반은 맞고 반은 틀렸습니다. 그동안 어느 정도 규격화된 작업을 해 오느라 꺼내지 못했던 제 안의 것들을 파리에서는 가감 없이 꺼내어 놓고 있었을 뿐이었으니까요.

오히려 그곳의 언어를 알지 못했기에 춤추는 이미지처럼 보였던 거리의 표지판과 글자들, 길거리에서 주워온 그곳의 냄새와 흔적과 이야기가 배어 있는 골판지와 온갖 종류의 종잇조각들, 중고서점에서 헐값에 파는 오래된 책들, 이방인인 제 시선에 담기는 모든 낯선 풍경들이 즉각적인 창작으로 이어졌습니다.

짧게는 일주일, 길게는 한 달 동안 하나의 작업에 매달렸던 평소와 달리, 파리에서의 드로잉은 순식간에 시작해서 예기치 못하게 끝이 났습니다. 드로잉은 실패와 실수에 대한 부담이 (거의) 없으면서도 당시의 순간에 충실할 수 있는 가장 좋은 방법 중 하나였습니다. 파리의 생생한 흔적들 위에 따끈따끈한 상상력들을 덧씌우는 일을 통해 그 시간, 그곳에서만 가능한 일들을 해보려고 했습니다.

익숙했던 습관과 방법을 외면하고 다른 방식을 찾는 일은 분명히 수많은 시행착오와 실패로 연결됩니다. 그러나 저는 그 실패들을 '발견'하는 일이야말로 제가 파리에서 해야만 하는 일이라고 생각했습니다.

시떼 데자르 D동 1433호에 입주한 첫날, 2022년 4월 4일을 자축하기 위해 홀로 샴페인을 열었던 그 밤이 지금도 생생히 떠오릅니다. 한 잔을 채 다 마시기도 전에 귀까지 빨갛게 변했지만(저는 술을 잘 마시지 못합니다), 지금껏 작가라는 이름으로 살아내어 이곳까지 스스로를 인도한 저 자신과 건배를 하고 싶었습니다. 과연 이곳에서의 시간은 미래의 나에게 어떤 메시지를 전하게 될지, 그리고 그 머나먼 미래의 나 자신에게 제안하게 될 그 날의 건배사가 몹시 궁금해집니다.

이카로스의 마음

몇 년 전에 판매가 되었던 제 작품이 어느 유명 경매에 등장한 적이 있습니다. 누군가가 작품을 구입해 소장했다가, 마음이 바뀌거나 다른 작품을 구입하기 위한 자금 등으로 사용하기 위해 그 작품을 경매에 내놓는 일은 흔한 일이지만, 비교적 알려져 있지 않은 작가의 작품이 몇 십 배가 넘는 가격으로 낙찰되는 경우는 결코 흔하지 않습니다. 그리고 당시의 그 경매로 인해 제가 세간의 뜨거운 관심을 받게 될 줄은 그 누구도 예상하지 못한 일이었습니다. 그 일 이후 제가 언급되는 뉴스에는 '경매스타' 또는 '경매가 낳은 스타 작가'라는 수식어가 꼬리표처럼 따라붙었습니다. 정신을 차릴 수 없을 정도로 많은 변화를 겪게 된 것도 그

즈음부터였습니다.

작가로서 많은 이들에게 인정받으면서 활동할 수 있는 건 분명 엄청난 축복이고 행운입니다. 무명의 화가였을 때 그런 작가가 되기를 바랐고, 앞으로도 그렇게 살아가기를 바라는 욕심도 큽니다. 하지만 그럴 때마다 저는 늘 이카로스의 운명을 생각하곤 합니다. 태양을 향해 끝없이 상승하다 결국 깊은 바다로 영원히 추락한 몽상가.

저는 등산을 좋아합니다. 정상까지 도달하는 데에 필연적으로 주어지는 육체적, 정신적 시련, 정상에서의 카타르시스 그리고 안전한 하산 뒤에 찾아오는 나른한 안락함과 다음 등산을 기약하는 마음의 감각이 좋습니다. 산티아고 순례길을 다녀온 것도 비슷한 맥락에서입니다.

오랫동안 번민했던 문제 중 하나는 '쉰다는 것은 대체 무엇일까'였습니다. 아무것도 하지 않는 육체적인 평온한 상태는 비교적 쉽게 달성할 수 있다 하더라도, 제가 볼 때 쉰다는 행위에서 가장 중요한 지점은 정신의 문제입니다. 경험상 이 문제가 해결되지 않는 한 '진정한 쉼'이란 없었습니다. 그래서 이 문제는 저를 끝없이 일에 몰두하게 합니다. 비생산적인 일은 도무지 참지 못하는 제 성향이 한 몫 하기도 합니다. 해보고 싶은 일, 하고 싶은 일도 너무 많고, 무엇보다 이카로스의 뜨거운 마음이 결국 저를 인도하고 채찍질합니다. 모든 일에는 때가 있고, 그 일을 할 수 있는 지금은 다시는 돌아오지 않기에, 쉼의 안락함보다는 태양을 정면으로 마주하기를 스스로 결심했다는 사실을 기억해야만 한다며 스스로를 끊임없이 다그치게 됩니다.

다만, 언젠가 영원히 추락하기보다는 자유낙하의 짜릿함과 설렘을 만끽하는 법을 익히고, 하산 후의 안온한 평화를 알기 위해 그 누구보다 능숙하게 지상에 착륙하는 방법을 배워가고 싶습니다. 저는 그렇게 이착륙을 반복하는 과정에서 찾아오는 환희와 회한, 오롯이 저를 위한 생각과 감정들이 마음이라는 바다 위에서 수없이 반짝이는 윤슬처럼 일렁이는 그 감각과 풍경을 사랑하는 사람입니다.

〈Heart of Icarus〉
130×162cm, gouache on canvas, 2023.

LIFE IS ONLY ONE

파리의 시떼 데자르에 머물 때의 일입니다. 잠이 막 들려는 순간, 옆방에서 음악과 시끄러운 대화 소리가 들려오기 시작했습니다. 곧 조용해지겠지 싶었지만, 소동은 계속되었습니다. 결국 반바지에 티셔츠 차림으로 옆방의 문을 두드렸습니다. 사실 비슷한 일이 한두 번이 아니었습니다. 관리실을 통해 몇 번 부탁을 한 적도 있었지만 전혀 개선될 기미가 없었습니다. 그래서 이번에는 직접 이야기를 나눠봐야겠다고 생각하고 옆방 문을 두드렸습니다.

문이 열리고, 제가 누군지를 확인한 옆방의 그녀는 "쏘리 Sorry!" 하고 외치면서 저를 와락 안았습니다. 술 냄새가 심하게 났습니다. 그녀는 몇 번이고 그간의 소란에 대해 사과를 하려고 했다며, 미안하다는 말을 연거푸 쏟아냈습니다. 얼떨떨한 상태로 그저 "오, 오케이Okay"라고 대답하는 저를 그녀는 자신의 방으로 이끌었습니다. 손님들을 초대해 자신의 작업실을 공개하는 이벤트를 하고 있다면서요.

방에는 이미 두 명의 손님이 와 있었습니다. 수염이 멋진 튀니지의 영화감독, 핀란드에서 온 소설가. 통성명이 끝나자 소냐는 제게 맥주를 건넨 뒤 자신의 작품에 대해 설명하기 시작했습니다. 소냐의 설명을 다 듣고 난 후 저도 기분이 좋아져서 그들을 제 작업실로 초대했습니다. 이미 시간은 자정이 다 되어가고 있었습니다.

방 안을 살펴보던 그들은 시떼에 도착한 지 얼마나 되었냐고 제게 물었습니다. 2주가 조금 넘었다고 대답하자, 아무도 제 말을 믿지 않았습니다. 핀란드 소설가는 엷은 미소를 지으며 제 어깨를 툭 치고는 "너는 파리를 좀 즐겨야 할 것 같아"라고 말했습니다. 모임을 끝내고 싶어 하는 제 기색을 눈치 챈 소냐가 마당으로 다 같이 내려가자고 제안했습니다. 1층에 있는 어느 작가의 작업실을 전시장 삼아 여러 작가가 의기투합해 단체전 겸 파티를 진행하고 있다면서요.

"이제 좀 자고 싶은데…"라며 제가 우물거리자, 그들은 휘소리 하지 말고 빨리 옷이나 갈아입고 나오라고 재촉했습니다. 그성화를 이기지 못하고 저는 결국 긴 바지로 갈아입고, 후드티 차림으로 복도로 나갔습니다. 소냐가 활짝 웃으면서 "해냈구나! 잘했어!"라고 외치더군요. 난생처음 혼자서 옷을 입는 데 성공한어린아이를 칭찬하듯 말입니다.

1층 마당에 접해 있는 8008호 스튜디오의 문은 활짝 열려 있었습니다. 테이블 위에는 빈 와인병과 맥주병이 나뒹굴고 있었고, 스튜디오 안에서는 전시가 아니라 전시된 그림들을 배경 삼은 광란의 댄스파티가 열리고 있었습니다. 인싸 중에서도 핵인싸인 소냐는 그곳의 사람들에게 자신의 이웃이자, 한국에서 온 작가라고 저를 소개했습니다. 덕분에 그들과 일일이 SNS를 교환하고 맞팔을 했습니다. 백 마디 대화보다 SNS로 서로의 작업을 확인하는 일이 작가들에게는 가장 확실한 자기소개였으니까요.

고백하자면, 저는 신데렐라 증후군이라는 난치병을 앓고 있습니다. 오후 10시만 되면 집에 가고 싶어서 안절부절못하는 병입니다. 게다가 평생 클럽 근처에 가본 적도, 그런 즐거움도 굳이 원치 않는 종류의 사람입니다. 그런 저는 모두가 흥겨운 그 파티장의 한 구석에서 고장 난 로봇처럼 온몸을 부자연스럽게 까닥이고 있었습니다. 그런 제 모습이 몹시 답답했던지 소냐가 "혜

이! 인생은! 한 번이야!"라고 외치며 광란의 춤판 한복판으로 저를 끌고 들어갔습니다. 물론 춤이라는 건 쿵짝과 장단이 맞아야 하는 일이므로, 얼마 못 가 저는 자연스럽게 주변으로 밀려났습니다. 그리고 그 혼란한 상황을 틈타 얼른 숙소로 돌아와 잠에 들 수 있었습니다. 새벽 두 시가 지난 시간이었습니다.

지금보다 조금 어렸을 때에는 이런 일들을 온전히 즐기지 못하는 저 자신이 부끄럽고 답답하게 느껴지곤 했습니다. 그런 일들을 제대로 즐길 줄 아는 사람들을 부러워하기도 했고요. 하지만 저는 제가 가진 것들을 더 잘하는 방향으로 노력하고 집중하는 걸 선택했습니다. 모든 걸 다 잘 할 수는 없으니까요. 이따금 그것이 제 한계가 아닐까 하는 생각도 듭니다만, 소녀의 말대로 '인생은 한 번'이기에, 제가 잘하고, 잘하고 싶고, 가장 좋아하는 일에 온 힘을 다 쏟고 싶습니다. 물론 그렇다고 해서 그 댄스파티가 있던 날이 시간낭비였다는 건 아닙니다. 예기치 않게 다가온 멋진 날 중의 하나인 건 분명하니까요. 자주만 아니라면, 언제든 환영입니다.

서툰 안부

미술대학에서 동고동락하던 동문을 졸업 이후에 만나게 되는 경우는 대개 두 가지입니다. 누군가의 결혼식장에서 혹은 누군가의 전시회 오프닝 행사장에서요. 험난한 예술가의 삶을 이어나가는 이들 간에는 깊고 끈끈한 유대감이 자리하고 있습니다. 미술대학 졸업자의 99퍼센트가 취직을 선택하고, 남은 1퍼센트 중에서도 99퍼센트가 결국 중도에 작업을 포기하는 게 이 세계의 현실이니까요.

한 학번 위의 선배 중에 꽤 무섭고 까칠하기로 유명한 동갑내기가(저는 재수를 했습니다) 있습니다. 제가 다녔던 대학의 미술학부는 선후배 간의 위계질서가 꽤 엄격한 편이기는 했지만, 우리는 나이도 같았고 은근 맞는 구석이 있어서 나름 친하게 지낼 수 있었습니다. 그리고 결국 같은 길을 걷게 된 지금을 생각해보면, 그 시절에도 서로에게 어떤 동질감을 느꼈던 게 아닌가 싶습니다.

그렇지만 우리가 작가로서 걸어온 길은 사뭇 달랐습니다. 제가 재학 시절 내내 작가로서의 삶에 어떤 확신도 하지 못한 채 방황하는 동안 그녀는 인사동에서 근사한 개인전을 열었고, 이후 여러 전시 이력을 늘려갔습니다. 그녀가 작가로서의 경력을 쌓아가는 모습은 무척이나 근사해보였습니다. 당시 제게는 동경의 대상이기도 했죠.

그러던 중 갑자기 그녀의 전시 소식이 끊겼습니다. 어디에서도 그녀의 작품을 볼 수 없었습니다. 그리고 몇 년이 흐른 뒤 그녀의 개인전 소식을 전해 들었습니다. 서울의 어느 아담한 한옥 갤러리에서 열린 전시회에서 만난 그녀는 저를 보자마자 상기된 목소리로 이렇게 말했습니다.

"내 작품이 이렇게 많은 사람의 사랑과 관심을 받는 일이 처음이어서, 대체 이게 다 무슨 일인가 싶었어."

정말 오래간만에 전시를 열었는데도 불구하고, 전시한 모든 작품이 '완판'이 된 상황이었으며, 그녀는 그 사실을 전혀 실감하지 못하겠다는 반응이었습니다. 그런 그녀를 진정시킨 뒤, 갤러리 뒤편의 아담하고 고즈넉한 뒤뜰에서 우리는 마주 앉아 오래 간만에 이야기를 나누었습니다. 흔들리는 감나무 이파리 사이로 10월의 나긋한 햇살이 떨어지며 노란 모자이크 문양을 만들어내던, 온유하고 평화로운 오후였습니다.

소소한 근황 이야기를 서둘러 마치고 나서, 그녀에게 저는 그동안의 '증발'의 연유에 대해 조심스럽게 물었습니다. 그녀는 난처한 표정을 짓더니, 어색하게 웃으며 이렇게 대답했습니다.

"그림을 그리는 일이 즐겁지 않았어."

학교를 졸업한 후 빨리 작가로 인정받기 위해 성급하게 그림을 그려냈고, 그것들이 자신을 위해서가 아니라 오로지 외부 세계를 위한 '적당하고 착실한' 그림들이었다는 생각이 들었을 때, 그녀는 바로 활동을 접고 작업실에 틀어박혔다고 말했습니다.

"내가 그릴 다음 그림이 나 스스로도 궁금하지가 않았어. 이러다가는 작가로서의 수명이 곧 끝날 것 같았지."

자신만의 방식과 거기에 적합한 표현 방법을 찾아내기까지 '증발'할 수밖에 없었고, 수많은 방황과 실험의 시간을 거치고 나서야 겨우 다시 세상에 나올 용기가 생겼다고, 그녀는 담담하게 털어놓았습니다.

그 다음 해 부산에서 그녀의 새로운 전시가 열렸습니다. 그녀는 제게 전시에 대한 서문을 써달라고 부탁했습니다. 그런 건 나보다는 평론가 분들이 잘 하실 거라고 거절했지만, 거듭된 부탁에 부족하지만 글을 쓰기로 마음을 먹었습니다. 그렇게 전시되기 전의 그림들을 보러 그녀의 작업실을 방문했습니다.

'증발' 이후 열리는 그녀의 두 번째 개인전 작품들을 보고 저는 약간의 충격을 받았습니다. 그녀의 작품 속 소녀와 풍경들이 마치 살아 있는 것처럼 생기가 넘쳐 보였습니다. 그림에서는 작업의 고단함보다는 작가가 느꼈을 창작의 즐거움이 고스란히 느껴졌습니다. 전시의 타이틀이 무엇이냐고 물었더니, '서툰 행복'이라는 대답이 돌아왔습니다.

가장 좋아하는 일이 직업이 된다는 건 그 일이 더 이상 개인적인 취미의 영역에 머물 수 없음을 의미합니다. 현대사회에서 정의하는 '직업'이란, 좋게 포장하더라도 결국 생존과 직결되어 있습니다. 외부의 무수한 평가 속에서 납득 가능하고 타당한 책임을 담보하는 일이기 때문입니다. 좋아하는 것과 인정받는 것, 직업인으로서 예술가의 딜레마는 꽤나 복잡합니다.

그녀가 보냈던 몇 년간의 직업적 공백은 그에 대한 불안과 질문에서 비롯되지 않았을까요? 그녀에게 있어 그 유예의 시간은 자신만의 고유한 무언가를 찾는 일에 대한 고단한 여행이었을 겁니다. 그리고 그 여정의 끝에서 그녀는 작업을 통해 행복을 찾아가는 방법을 비로소 발견할 수 있었습니다. 그러나 그것은 영원히 능숙해지는 것이 불가능한 영역의 일입니다. 그 사실을 알기에 그녀는 '서툰 행복'이라고 정의하지 않았을까요. 그녀의 작품에서 첫사랑과 같은 풋풋함과 설렘이 느껴지는 건 아마도 그런 이유 때문일 겁니다. 서툴지만 단단하고 연한 마음의 여정을 담아냈으니까요. 작품을 통해 사람들이 무엇을 느끼기를 바라는지 그녀에게 묻자 한참 동안 고민을 하다가 대답했습니다.

"보는 사람들도 행복했으면 해."

저는 그 서툰 대답이 마음에 들었습니다. 얼핏 상투적인 표현처럼 들릴 수도 있었지만, 그녀의 그 짧은 문장에는 어둡고 긴 터널을 통과해본 사람만이 꺼낼 수 있는 친절함과 따스함이 담겨 있었습니다. 비로소 밝은 햇살을 마주했을 때의 기쁨을 사람들과 공유하고 싶어 하는 그녀의 진실한 마음을 저는 느낄 수 있었습니다.

그녀와 저는 종종 '살아남자'라는 이야기를 주고받습니다. 간단히 말해, 작가라는 존재로 끝까지 머물자는 얘기입니다. 예술가의 작업은 곧 작가의 존재론적 영역의 자아입니다. 그래서 그녀에게 글을 부탁 받았을 때 머뭇거릴 수밖에 없었습니다. 제 선부른 판단과 생각이 외려 작가가 세상에 애써 내어놓은 결과물들을 오해하게 하지 않을까 걱정되었기 때문입니다. 그럼에도 오랫동안 함께 '살아남아' 온 동료작가에게 글을 부탁하고 싶었다는 마음 씀씀이가 고마웠습니다. 그래서 저도 용기를 낼 수 있었습니다.

그녀의 작업실을 떠나기 직전, 더 하고 싶은 이야기가 없냐고 물었습니다. 그녀는 여전히 그림을 그리는 일이 무섭고, 여전히 모든 게 서툰 것만 같다고 말했습니다. 하지만 제가 보는 그녀는 적어도 서툰 마음을 다루는 데에는 더없이 능숙해진 듯했습니다. 그녀의 서툰 행복을 찾아가는 서툰 여정과 작가로서의 '살아남기'를 진심으로 응원합니다.

임희조 作, 〈방구(Fart)〉, 146×112cm, Oil on canvas, 2022.

LABOREMUS

제 작업실에는 영수증 위에 'LABOREMUS'라는 라틴어 문구를 물감으로 써 놓은 드로잉 액자가 한 점 걸려 있습니다. 작업실의 입구에 걸려 있기 때문에 출근할 때, 퇴근할 때마다 지나치지 않고 보게 됩니다.

영수증에 드로잉을 했던 사연은 파리의 시떼 데자르에서 작업을 하던 때로 거슬러 올라갑니다. 한국을 떠나기 전에 주로 사용하던 미술 재료들을 큰 택배 상자 두 개에 가득 채워서 파리로 발송했지만, 어찌된 영문인지 특별한 이유도 없이 한국으로 반송되었습니다. 파리에서 택배는 대부분 수신인이 배송기사로부터 직접 건네받아야만 하는데, 택배가 배송된다던 그 날 종일 기다렸지만 아무 기별이 없었습니다. 나중에 알게 된 사실인데, 프랑스 국영 우편 시스템은 세계에서 신뢰도가 낮은 축에 속한다고 합니다. 드문 일이기는 하지만, 너무 크거나 무거우면 배송을 하지 않기도 한다더군요. 그래서 중요한 물건들은 사설 택배나 지인에게 부탁을 해서 들여온다고 합니다. 이 사실을 몰랐던 저는 며칠간 전전긍긍하다가 결국 기가 차는 결말을 맞이했던 겁니다.

어쨌든 저는 지하철을 타고 파리에서 가장 규모가 크다는 미술 재료상을 찾아갔습니다. 그곳의 재료와 도구들은 제가 줄곧 사용해 왔던 것들과 다소 달랐지만, 새 집에 들여놓을 새 가구들을 고르는 것만 같아 마음이 가뿐했습니다. 시떼 데자르에서의 작업은 파리에서만 구한 원료(?)들로만 이루어진, 순도 백 퍼센트의 'MADE IN FRANCE'가 될 거라는 사실도 재미있게 느껴졌습니다. 그렇지만 현실은 냉정한 법입니다. 그 수많은 재료를 결제하다 보니 영수증에 출력된 물건의 목록이 길어질 수밖에 없었습니다. 그 영수증을 물끄러미 보고 있자니, 그것도 의미 있는 작업의 재료가 될 수 있겠다는 생각을 하게 되었습니다.

LABOREMUS.

'라보레무스'는 능수능란하고 강인했다는 평가를 받는

로마 황제 셉티미우스 세베루스가 죽음을 맞이하던 순간 한

유언으로 잘 알려진 문장입니다.

이 문장의 의미는 '자, 일을 계속 하자'입니다.

그 길고 긴 영수증과 함께 재료들을 한아름 안고

작업실로 돌아오는 내내,

몇 천 년 전의 역사 속 인물이 내뱉은 한마디가 맴돌았습니다.

자신의 업을 사랑하는 인간.

자신이 선택한 업이 가장 나다운 존재로 살아가게 해 준다면,

생의 마지막 순간에도 기꺼이

"라보레무스"라고 읊조릴 수 있으리라 믿습니다.

처세술

사람들이 무례해지는 이유 중 하나는 자신이 바라는 만큼 존중받지 못한다고 생각해서이지 않을까요. 하지만 그보다 더 큰 문제는 그 무례가 정당하다고 스스로 느낀다는 점인 것 같습니다.

부끄럽지만, 언젠가 업무상 알게 된 분들에게 불만과 불평을 쏟아낸 적이 있습니다(이 글을 쓰는 와중에도 솔직히 제 내면의 일부는 이 부끄러운 감정을 애써 변호하려고 노력하고 있습니다). 작품 활동의 범위가 확장되면서, 여러 사람들과 협업을 해야만 완결되는 일들이 마치 기다렸다는 듯이 쏟아지기 시작했습니다. 하지만 말 그대로 팀플레이라는 것이 단번에 물 흐르듯 완벽하게 진행되지는 않습니다. 사실 그런 일은 거의 불가능에 가깝습니다. 고백을 하자면, 제가 작가가 되기로 결심했던 중요한 이유 중 하나는 오롯이 혼자서 일을 할 수 있다는 점이었습니다. 하지만 작가라는 직업은 유유자적 낚시를 즐기는 강태공처럼 낭만적인 직업만은 아니었던 것입니다.

아무튼, 일의 과정이라는 건 '이게 대체 왜 안 된다는 거지?' '이걸 어떻게 이해하지 못할 수가 있지?'와 같은 생각들의 반복입니다만(대개 말로 표현은 할 수 없는 생각들이죠), 다행히도 대부분은 큰 문제없이 해결됩니다. 일이라는 건 결국 해야만 하는 거니까요. 하지만 제 마음은 다행으로 끝나는 것이 아닌 게 문제입니다.

사람이라면 실수할 수 있습니다. 저도 실수와 실패를 끊임없이 반복하는 사람이기에, 제 일이 완벽해야 한다는 강박 속에서 누군가에게 그걸 바라고, 그 과정 속에서 누군가에게 무례를 범하고 상처 주는 일들은 결코 정당하지 않다고 생각합니다.

물론 저는 무척이나 소심하고, 다른 사람들의 눈치를 많이 챙기는 성격입니다. 소리를 지르거나, 물건을 던지거나, 인신공격을 할 만한 위인은 절대로 아닙니다. 문제는 그 소심함 탓에 결국 스스로에게 극심한 스트레스를 주고 만다는 겁니다.

역사 속 성인군자들은 우리에게 이미 수많은 처세술을 가이드

저 역시 두렵습니다.

그러나 누군가에게 호의를 선사하는 일을

주저하는 사람이 되고 싶지는 않습니다.

〈**Hold the line**〉, 145.5×112cm, gouache on canvas, 2022.

해 주었습니다. 오른뺨을 맞으면 왼뺨을 내어준다던지, 천재지변과 같은 세상의 모든 나쁜 일들조차도 '다 내 탓이오' 하고 마음의 평화를 찾으라고 조언합니다. 그러나 보통 사람인 저로서는 머리로는 알아도 마음으로는 좀처럼 공감이 되지 않습니다. 아무리 좋은 말로 포장을 해도 결국 제 속은 전혀 개운하지도 않을 뿐더러 뒤끝이 생기고 마니까요.

이런 딜레마 속에서 과연 상대를 배려하고 포용하면서 제가 원하는 바를 관철할 수 있는 사람이 될 수 있을까 하고 늘 고민하게 됩니다. 결국 긍정적인 면을 보도록 노력해야 가능한 이야기이지 않을까요? 인간은 사회적인 동물이기에 타인에 의해 자신의 존재가 부정되는 일을 가장 두려워합니다. 그렇다는 건 반대로 인정받을 때 가장 행복한 존재가 될 수도 있는 거겠죠. 어쩌면 이 복잡한 인간사에 대한 해법의 열쇠가 거기에 있는 것은 아닐까 생각하게 됩니다.

좀처럼 이해하기 힘든 이들과 함께 살아가기 위해 가장 중요한 것은, 제 입장에서는, 반목이 아닌 호의와 인정이라는 것을 받아들이는 노력입니다. 물론 공들여서 이런 노력까지 해야 하나 싶을 때도 있습니다. 받은 대로 돌려주는 것이 정당해 보이니까요. 증오나 미움을 갖는 것도 마찬가지입니다만, 그 끝에는 결국 허무함과 씁쓸함만이 남게 되는 것 같습니다.

반목을 끊어내는 유일한 방법이 호의를 주고받는 일이라는 건 어린아이라도 알 법한 사실입니다. 하지만 우리는 그 사실을 쉽게 잊어버리게 됩니다. 아니, 잊어도 된다고 생각합니다. 만만해 보이고 싶지 않으니까요. 쉬운 사람, 막 대해도 되는 사람으로 여겨지기를 원하는 사람은 없습니다.

두렵기 때문일 겁니다. 내가 있는 그대로의 나로 평가 받지 못하는 것에 대한 두려움 말입니다. 저 역시 두렵습니다. 그러나 그 두려움을 핑계삼아 누군가에게 호의를 선사하는 일을 주저하는 사람이 되고 싶지는 않습니다. 이 또한 아마도 살아가는 내내 연습과 노력이 필요한 일이겠습니다만, 세상이 나를 알아보아 주기를 바라는 마음의 크기만큼, 그보다 더 지극한 마음을 들여야 한다는 당연한 사실을 언제나 기억하려고 합니다. 그렇게 저 자신과 우리의 밝은 면을 발견해 나가고 싶습니다.

돌아보게 하는 일

결코 잊을 수 없는 아름다운 추억이
기억 속에 단단히 뿌리내리듯 자리 잡는 일은
행복하면서도,
어쩌면 때로는 견딜 수 없을 만큼
고통스러운 일입니다.
우리는 결코 돌아갈 수 없는 눈부신 그때를
삶의 많은 순간들마다
애써 뒤돌아보려 하니까요.

하지만

여전히 감사한 일입니다.

그건 삶이라는 거친 황야로 떠밀려가듯 걸어갈 수밖에 없는

우리 뒷모습에 걸친

따스하고 연한 빛깔의 석양 같은 것이니까요.

INTJ의 대답

몇몇 분들과 함께 작품에 대한 이야기를 나누던 중에 제 옆에 앉아 있던 한 작가가 말했습니다.

"애써 꿈을 가지려 하지 않아도 괜찮아요. 지금 그대로도 충분히 괜찮을 수 있어요."

그의 따뜻한 말 한마디에 사람들의 표정은 온화해졌습니다. 그러다 제가 말을 해야 할 차례가 왔습니다. 저는 숨을 깊이 쉰 후 이렇게 말하고 말았습니다. 결의에 찬 표정으로요.

"이어령 선생님이 이렇게 말씀하셨죠. 꿈은 빨리 이루고 끝내는 게 아니라, 지속하는 거라고요. 인간이라는 존재는 꿈에서 깨면 죽는다고요."

그 말을 뱉자마자 아차 싶었습니다. 일부러 그런 건 아니었는데, INFP였던 그 작가님의 공감과 위로의 따스한 이야기에 냉철한 INTJ인 제가 찬물을 끼얹은 느낌이 들었거든요. 어색한 공기로 가득차서 숨이 막힐 것 같은 몇 분이 흘렀습니다. 어영부영하는 사이 마이크는 다른 분에게로 넘어갔습니다. 행사를 마치고 집으로 돌아오는 늦은 밤, 지하철 안에서 그때 미처 뱉지 못하고 삼킨 말을 오랫동안 떠올렸습니다.

꿈을 깨면 죽는다고 해서, 그 꿈이 꼭 대단한 것일 필요는 없겠지요. 단지, 우리 삶에서 지켜야 할, 그 누구에게도 양보할 수 없는 단 하나의 단어만은 마음속에 품고 살아갔으면 합니다.

〈**The dreamer**〉, 116×91cm, gouache on canvas, 2023.

인간은 꿈꾸기 위해

살아가는 존재일지 모릅니다.

⟨**Dance, Dance, Dance**⟩, 162×130cm, gouache on canvas, 2023.

달리기

전시나 큰 행사를 마치고 나면 어김없이 듣는 질문이 있습니다.

"전시도 끝났는데, 이젠 좀 쉬시죠?"

사실을 먼저 말씀 드리면, 쉴 여유가 없습니다. 세상 모든 직장인들이 일 년 내내 일을 하듯, 작가들도 일 년 내내 전시를 준비하고 있는 경우가 많습니다. 전시를 마치고, 전시를 올리고 나서도, 심지어 전시가 진행 중인 상황에도 다음 전시를 준비하는 게 보통입니다. 그 외에 협업이나 프로젝트 전시들이 산적해 있기도 합니다. 아르바이트생 없이 오직 혼자서 24시간 편의점을 경영하는 사장과 같은 마음이랄까요.

하지만 저도 사람인지라, 전시 준비를 끝낸 시점보다는 전시를 마무리하고, 철수를 한 시점에서는 한꺼번에 엄청난 번아웃이 옵니다. 의욕도, 능률도 바닥을 치고요. 그럼에도 작업실에 제시간에 나가지 않는 건 개인적으로 도무지 용납이 되지 않습니다. 이런 상황에서는 쉬는 일조차 (불편한 마음 덕분에) 효율이 좋지 않기 때문에 설령 똥 같은 작품을 만들지라도 작업실에 나가서 뭐라도 그리고, 쓰고, 만들고, 생각합니다.

저는 하루를 망칠 바에야 작업실에서 망치는 게 그나마 위로를 준다고 생각하는 성격입니다. 그렇게 무질서하게 어질러진 생각의 편린들을 쏟아냈던 날일지라도, 무언가를 조금 더 나은 방향으로 만들기 위하여 시간과 인내를 소모했다면 허튼 하루는 결코 없다는 걸 경험으로 알고 있거든요. 최악의 날들마저 결국 가깝거나 먼 미래로 보내는 소중한 단서가 될 거라고 저는 믿고 있습니다.

그런 하루를 보내고 나면, 해 질 무렵 집 근처에 있는 대학교의 러닝 트랙으로 나가 10킬로미터 정도를 달립니다. 달리는 일이 기분 좋은 까닭은 할 수 있는 한 온 힘을 다했다는 사실을 정확한 시간과 속력의 단위로 확인할 수 있기 때문입니다. 제대로 잘 뛰었다면, 틀림없이 좋은 기록이 나옵니다.

그러나 달리기와는 달리 새벽 다섯 시부터 꼬박 하루를 작업

⟨**Dance**⟩, 116×91cm, gouache on canvas, 2023.

실에 박혀 있다고 해서 스스로 만족할 만한 결과가 나온다는 보장은 절대 없습니다. 예술뿐만 아니죠. 대부분의 일들이 그런 경우가 많을 겁니다. 100의 노력을 투입했다고 해서 100의 결과는커녕 마이너스가 되는 경우도 허다하기 때문입니다. 그렇기 때문에 특히나 허탈한 하루를 보내고 난 뒤의 달리기는 그 어떤 위로보다 더 큰 위안이 되곤 합니다. 온 힘을 다해 노력을 투입한 만큼의 정직한 결과를 확인하며 하루를 마무리하는 감각은 내일의 제가 다시 뛸 수 있도록 용기를 북돋아 주니까요. 그렇게 저는 조금씩 스스로를 견딜 수 있게 단련해나갑니다.

그래서 저는 오늘도, 계속해서 달리고 있습니다.

나는 언제 꺾이게 될까

저는 일이 잘 풀려나갈 때면, 어김없이 최악의 상황을 상상하는 습관이 있습니다. 작가로서 "잘 나간다"라는 말이 기분 좋으면서도 한편으로는 달갑지 않았던 이유는 그 때문입니다. 그 말을 들을 때마다 "나는 과연 언제 꺾일 것인가"라는 물음이 자연스레 떠오르니까요.

몇 년 전의 일기 속에는 이런 방식으로 현재를 제대로 즐기지 못하는 저 자신에 대한 원망과 실망이 가득합니다. 하지만 요즘에는 이런 생각이 듭니다. 저 스스로가 그런 마음가짐을 갖기를 원해왔다는 걸요. 최고의 순간에도 최악의 상황을 떠올리는.

네, 저는 그런 사람인 것 같습니다.

그것은 결국 스스로에 대한 승리일까요, 아니면 패배일까요? 요령 좋은 협상의 한 종류라고 말할 수도 있을까요? 하지만 저로서는 삶을 조금 더 나은 방향으로 이끌 수 있는 사유의 기회가 된다면 그걸로 충분하다고 생각합니다. 물론 "다 잘 될 거야, 계속 잘 될 거야" 식의 무한긍정이 나쁘다는 건 아닙니다. 다만 저로서는 극적인 반전이 안겨주는 승리감과 성취감을 더 선호하는 것 같습니다. 제게 있어 그러한 감각은 작가로서의 긴장감을 놓지 않기 위한 중요한 메타포이기도 합니다.

다시 처음의 질문으로 돌아와 봅니다.

그래서 "과연 저는 언제 꺾이게 될까요?"

아마도, 다소 교만하게 들릴 수도 있으시겠지만,

마침내 그 고민을 그만두는 그 순간일 겁니다.

어른이 해야 할 일

어린 자녀(특히 남자아이)가 있는 분들을 뵙게 될 때면 종종 이런 고민을 듣게 됩니다.

"작가님은 어렸을 때 게임 같은 거, 관심도 없으셨을 것 같아요. 저희 아이는 게임에 너무 빠져 있어서 탈인데요."

저는 웃으며 이렇게 대답하곤 합니다.

"사실 저, 완전 못 말리는 겜돌이었어요."

학창 시절에 제가 가장 많이 관심을 기울이고 노력했던 일은 게임과 그림 그리기였습니다. 학원을 빼먹고 PC방과 오락실에서 게임을 하다 몇 번씩이나 어머니께 등짝 맞고 끌려 나가던 아이들이 떠오릅니다. 저 역시 그 옆에 앉아 있었거든요. 이런 이야기를 하면 저를 잘 안다고 생각했던 분들도 깜짝 놀라며 저를 바라봅니다. 어쩐지 공부만 했을 것만 같은 인상이라나요. (죄송합니다.)

하지만 저는 얼마 안 되는 용돈을 모두 쏟아 부을 정도로 게임을 좋아했습니다. 돈이 다 떨어지면 공책에 그림을 그려서 게임을 만들 정도였습니다.

그래서 유년 시절의 많은 시간 동안 저는 게임 개발자를 꿈꾸었습니다. 아마도 제가 학창 시절 겪었던 유쾌하지 못한 일들이 영향을 준 것 같습니다. 솔직하게 말씀 드리자면, 제가 고등학생일 때만 하더라도 학교에서는 학생들을 무척 폭력적으로 다뤘고, 공부를 잘하지 못한 아이는 인격적으로 모독을 당해도 괜찮다는 의식이 은연중에 퍼져 있었습니다. 그래서였을까요, 저는 현실 세계보다는 누군가의 넘치는 상상력으로 펼쳐진, 표현의 한계를 넘나드는 가상 세계에 더 끌렸습니다. 그리고 그 창조적인 일을 직접 해보고 싶다는 열망이 컸습니다.

무척이나 게임을 좋아했고, 지금도 여전히 그 마음 변치 않은 어른이 되어버린 저로서는(바쁜 와중에도 틈이 날 때마다 어떻게든 즐기고 있습니다) 어쩐지 게임을 좋아하는 아이를 말릴 만한 충분한 자격이 없는 것 같다고 느낍니다. 게임을 말리고 싶은 부모의 마음 또한 제가 경험해 본 바가 없기에 뭐라 조언을 드릴지 난감하고요. 다만 이렇게 말씀 드릴 수는 있을 것 같습니다. 유년의 다듬어지지 않은 거칠고 반짝이는 열망을 어른과 이 세상의 보편적인 기준으로 재단하지 않으려 애쓰는 일이야말로 어른들이 해야 할 단 하나의 일이라고 생각합니다, 라고요.

상상과 창조는 언제나 보편의 경계 밖에서 이루어진다고, 저는 믿고 있습니다.

상상과 창조는

언제나 보편의 경계 밖에서 이루어진다고,

저는 믿고 있습니다.

〈**Gamers**〉, 145.5×112cm, gouache on canvas, 2022.

바른생활을 하는 일

운동도 열심히 하고, 글도 열심히 쓰기로 유명한 소설가 무라카미 하루키는 종종 사람들에게 이런 질문을 들었다고 합니다.

"무라카미 씨처럼 매일 건강한(건전한) 생활만을 한다면, 그러다가 소설을 쓰지 못하게 되지 않을까요?"

매일 달리기를 하고, 정해진 시간 동안 집중적으로 집필을 이어나가는 하루키의 루틴은 대중이 생각하기에 예술가라는 이미지와는 거리가 멀게 느껴졌나 봅니다.

인터뷰를 하거나 사람들과 일상에 대해 이야기할 때면 저는 제가 하루키와 비슷한 입장에 놓여 있는 게 아닐까 싶은 생각이 들곤 합니다(그렇다고 저를 하루키와 비교하는 건 아닙니다). 제가 평소에 지키는 루틴—오전 다섯 시에 작업실에 출근하고, 집에서 준비해 온 점심 도시락을 먹고, 하루에 열두 시간 이상 작업하는 것—에 대해 듣는 분들은 놀라거나 그게 가능하냐는 반응을 보입니다. 심지어 어느 작가 분은 "그건 작가가 아니다"라는 뼈있는 농담까지 했습니다.

이따금 이런 생각을 가진 분들을 만나곤 합니다. 예술가는 되도록 불건전한(비범한) 생활을 해야만 속세와 거리를 둘 수 있고, 그런 '보통'에서 벗어난 생활을 통해 특별한 예술적 가치를 지닌 순수함에 도달할 수 있다고 말이죠. 하루키의 말을 빌려 보겠습니다.

"예술 행위란 어차피 처음부터 '불건전한 반사회적 요소'를 내포하고 있기 때문에 인간 존재 근본에 있는 '독소'와 같은 것이 표출되어 나올 수밖에 없고, 그것을 솜씨 좋게 처리해내는 종류의 직업을 가진 사람이 바로 작가입니다."

다시 말해, '독소'가 내재되지 않고는 참된 의미의 창조 행위를 수행할 수 없다는 의미입니다. 그래서 하루키는 그 '독소'에 대항할 수 있는 행위로 달리기를 포함한 철저한 루틴을 선택했습니다. 그것은 그 어떤 방법론보다 쉬우면서 동시에 어렵고, 가장 효율적이고 만족감을 주는 행위였던 것입니다. 적어도 하루키 본인에게만은 말이죠.

제게 있어 그림을 그리는 일이란 '삶을 계속할 수 있게' 해 주는 강력한 방어기제입니다. 물리적, 정신적 죽음과의 싸움을 지속할 수 있게 하는 저만의 생존 수단이자 삶을 살아내는 철학인 것입니다. 그러한 종류의 일이라면, 부족한 재능을 원망할 겨를 없이 매일, 온 힘을 다해, 조금씩, 확실하게 해 나갈 수밖에 없습니다. 그리고 제게 있어 그 일은, 그림을 그리는 일입니다.

Vita brevis
est, Ars longa

무역풍의 냄새

저는 냄새에 민감한 편은 아닙니다. 어린 시절 비염을 심하게 앓아서일 수 있습니다만, 정확한 원인은 알 수 없습니다. 살면서 크게 불편한 점은 없습니다. 굳이 좋은 점을 꼽자면, 비위가 꽤 강하다는 정도일 겁니다. 그러나 후각의 성능과는 상관없이 계절과 기분의 변화에 따라 느껴지는 냄새가 있습니다. 그것은 갑자기 몇 주 혹은 몇 달씩 지속되다가 갑자기 사라져버리곤 합니다.

그것은 여느 분주한 나날들과 다를 바 없는 어느 날의 새벽, 작업실에 나가기 위해 집을 나섰을 때 예고도 없이 찾아옵니다. 냄새나 향기와 같은 단어를 대응시키기에는 무언가 적절하게 느껴지지 않습니다. 완벽하게 적당하다고 표현할 수 없는, 공기의

맛이라고 해야 할지 분위기라고 해야 할지. 언어로 적확하게 정의하기는 너무도 어렵지만, 너무도 확실하게 코끝에 떠도는 그 무엇이라고 표현해야 할까요.

전시회에 걸 작업들을 거의 마무리 짓고 나면 어느새 그렇게 바뀐 공기의 분위기가 반갑고 설렙니다. 마치 오랫동안 고대해 온 긴 여행을 막 앞둔 것처럼 가벼운 긴장감과 두근거림이 느껴집니다. 먼 과거의 항해자들을 바다로 이끌었던 무역풍의 냄새가 어쩌면 이런 종류의 것이지 않을까 상상하게 될 때면, 저는 더없이 제 일을 사랑하게 됩니다. 그런 마음을 꼭 안은 채 언제나 그리고 언제든 누군가의 마음으로 여행을 떠나는 일이니까요.

〈Ce qui embellit le désert,
c'est qu'il cache un puits quelque part〉
130×162cm, gouache on canvas, 2021.

꿈꾸는 일

마음속에, 품속에
별 하나 소중히 안고서
언제까지고 그곳으로 흘러가자.
혹 눈이 멀도록 너무 빛나도,
불에 덴 듯 아프도록 뜨거워지더라도
꼭꼭 소중히 안고서.
오늘도, 내일도.

⟨The Finders⟩
130×193cm, gouache on canvas, 2023.

1초의 정의

제 습관 중 하나는 작업을 하면서 늘 책을 '듣는' 것입니다. 구상한 것을 눈에 보이는 형태로 구현하는 데 들어가는 노동의 시간이 길고 지루하게 느껴질 때가 있다 보니, 그 시간을 조금이나마 더 효율적이고 즐겁게 써보자는 생각으로 책을 듣기 시작했습니다. 대부분 인문이나 역사, 과학 분야의 책들을 듣습니다.

저는 독서가 이 세상의 형태를 조금씩, 천천히 알아갈 수 있는 가장 안전하고 신사적인 형식의 행동이라고 생각합니다. 그 지식은 불확실성으로 가득한 이 세상을 살아가는 제게 위안과 용기를 줍니다. 동시에 큰 영감을 주기도 하고요.

생소했던 분야를 다루는 책을 들으며 작업을 하다 보면 당연

하게 생각했던 것들, 상식이라고 여겼던 것들에 대해 다시 생각
해보게 됩니다. 그것은 아주 소중한 경험입니다. 그렇게 여느 때
처럼 지적 허영을 채우며 붓질을 하던 어느 날, '1초와 1미터 그
리고 1킬로그램'에 대해 '듣게' 되었습니다.

　'1초'는 '평균 태양일(24시간)의 86,400분의 1'로 측정되었지
만, 현재 정의는 '절대영도 상태인 세슘-133 원자의 바닥상태
에 있는 두 개의 초미세 에너지준위의 구조 사이를 전자가 이동
할 때 흡수 방출하는 빛이 9,192,631,770번 진동하는 데 걸리는
시간'으로 최근에 그 정의가 바뀌었으며, '1미터'의 경우, 처음
에는 지구 자오선의 40,000,000분의 1로 정했는데, 지구는 완벽
한 구형도 아니고 크기도 계속 변하기에 현재는 '빛이 진공에서
299,792,458분의 1초 동안 진행한 거리'를 1미터로 정의하며, '1
킬로그램'도 마찬가지로 과거의 정의와는 달리 '플랑크 상수가
$6.62607015 \times 10^{-34}Js$가 되게 하는 질량'으로 변경되었다.

　세슘-133, 초미세 에너지준위, 플랑크 상수 같은, 알든 모르
든 살아가는 데 어떤 영향도 주지 않을 것 같은 사실을 공부하는
것보다 플랭크 자세를 한 번 더 하는 게 우리 인생에 실질적으로
도움이 될 수 있을 겁니다. 이런 정의의 변화를 알지 못한다 하더

라도 시간과 거리와 무게에는 아무런 변화도 없을 것이고요. 그러나 이 세상 어딘가에서 누군가는 우리가 그동안 당연하다고 여겨왔던 것에 대해여 새로운 질문을 던지고, 본질을 재탐구하고 있다는 사실은 큰 위안이 되곤 합니다. 이 세상 속에서 마침내 알을 깨고 탄생하는 새로운 것들은 모두 그런 방식으로 발아해 왔다고 믿기 때문입니다.

도도새를 그리게 된 지 어느덧 십 년이 다 되어가다 보니, 작가와의 대화처럼 공식적인 대담 자리나 애호가 분들과 이야기를 하게 될 때면 종종 듣는 질문이 있습니다.

"언제까지 도도새를 그리실 건가요?"

그럴 때면 저는 웃으면서 대답합니다.

"아직 해보고 싶은 게 너무 많아요."

그러나 그렇게 온화하게 말하면서도 마음 속으로는 막막하고 답답한 감정을 느끼는 경우가 더 많습니다. '도대체 다음에는 무엇을 어떻게 보여줘야 하지?' 하면서요.

일평생동안 물방울만 그려온 어느 화가도, 꼬부랑 할머니가 될 때까지 수천만 개의 땡땡이 무늬를 그려온 일본의 유명한 화가도 아마 그런 종류의 질문을 지겹도록 들었으리라 생각합니다. 저 또한 작가라는 직업을 갖기 전에는, 그들의 일관된 집념이 일종의 똥고집처럼 느껴지기도 했고, 무엇보다 '지루하지 않을까?'라는 생각을 했던 것 같습니다. 그러나 직업적으로 비슷한 입장이 되고, 도도새를 고작 십 년 남짓 그려왔을 뿐인 저는 이제야 조금 알 것 같습니다. 지겨울 정도로 익숙해져버린 무언가에서 마침내 새로움을 찾아내 세상에 내어놓는 일이야말로 아예 새로운 일을 시작하는 것에 비할 바 없이 어렵고 고단한 일이며, 인간만의 숭고한 일이라는 것을요. 아마도 제가 '1초의 정의'로부터 따뜻한 위안을 얻은 이유는 그래서이지 않았을까요.

저는 이제야
조금 알 것 같습니다.

지겨울 정도로 익숙해져버린 무언가에서
마침내 새로움을 찾아내 세상에 내어놓는 일이야말로

아예 새로운 일을 시작하는 것에 비할 바 없이
어렵고 고단한 일이며,

인간만의 숭고한 일이라는 것을요.

통역

그리스 크레타 섬의 내륙 지방을 자동차로 여행하다 어느 산골 마을에서 잠시 머물렀습니다. 그리스를 여행하다 보면 타베르나Taberna라는 간판을 단 가게들을 자주 볼 수 있습니다. 숙식을 제공하는 여관이라는 뜻으로, 고대 로마부터 이어져온 유산이라고 할 수 있습니다. 요즘에는 캐주얼하게 음식만 파는 곳이 많아졌습니다만, 제가 머물렀던 그 산골 마을의 타베르나는 숙박을 겸하는 곳이었습니다.

아침과 저녁을 먹기 위해 타베르나의 식당으로 가는 길에 정원이 있었습니다. 그곳에는 식당 주인의 노모가 흐드러진 수국의 푸르고 붉은 빛깔들 사이에서 햇볕을 쬐며 늘 앉아 있곤 했습니다. 그 할머니는 제가 나타날 때마다 매번 제게 미소를 지으며 인사를 건넸습니다.

그렇게 할머니에게 가까이 다가가면, 그녀는 제 오른손을 자신의 양손으로 한참이나 어루만지고는 손등에 가볍게 입을 맞추었습니다. 그러고는 자신의 가슴을 가리키며 "반젤리나"라고 말하고는 손가락을 펴 9와 2를 차례대로 내보이고는, 주름진 왼손으로 제 볼을 부드럽게 쓰다듬었습니다. 그리고 그리스어로 이야기를 몇 마디 건넨 뒤 작별 인사를 했습니다. 이 일은 제가 타베르나의 정원을 지날 때마다 반복되었습니다. 어쩐지 서글프면서도 마음이 따뜻해졌습니다. 그래서 저는 매번 작별 인사가 끝날 때까지 기꺼이 그녀 곁에서 기다리게 되었습니다.

그곳을 떠나기 전날, 마지막 저녁식사를 마치고 방으로 돌아가는 길에 또다시 그녀를 만나게 되었습니다. 그녀가 "반젤리나"라고 말했을 때, 테라스에서 이 광경을 보고 있던 어느 여행자가 외쳤습니다.

"할머니 이름이 반젤리나야!"

그렇게 그 여행자의 통역이 시작되었습니다. 그녀의 나이가 92세라는 것도 알게 되었습니다. 그녀가 제 얼굴을 어루만질 때 건넨 말의 뜻이 "아름다운 청년. 행운을 빌어"라는 것도요. 방으로 올라가는 길에 테라스에 앉아 있던 그에게 고맙다고 인사를

⟨**Rainbow**⟩, 25×18cm, gouache on paper, 2022.

건네며 그리스어를 하냐고 물었습니다. 그러자 자신은 네덜란드 사람이고, 아는 그리스어라고는 "칼리-메라!(안녕하세요!)"뿐이라고 말했습니다. 그러고는 따뜻한 미소를 지으며 이렇게 말했습니다.

"그냥 알 수 있었어. 그녀가 네게 무엇을 전하고 싶었는지."

그 작은 호의는 제 마음 한 구석에 얼룩처럼 남아 있던 정체모를 서글픔을 닦아내게 하고, 그들을 축복하는 마음으로 덧칠하게 했습니다. 그런 마음의 작동 방식은 아마도 우리가, 우리의 세상이 무수한 슬픔과 반목 속에서도 결국 존재해 온 이유이자 방법이리라 믿습니다.

여행감각

떠나기 전의 설렘은

이제 막 뜨려 하는 태양처럼 달뜬 찬란함이지만,

그보다 눈부신 것은 마침내 돌아온 뒤에,

기억의 바다 위에서

윤슬처럼 반짝이며 춤추는 추억들이야.

나는 그 모든 감각을 사랑해.

아름답게 일렁이는

그 슬프도록 그립고 예쁜 마음들을.

〈Dream Walker〉
130×162cm, gouache on canvas, 2023.

다시

2023년 7월 한 달 동안 그리스의 크레타 섬에 머물렀습니다. 사방에 온통 해야 할 일들과 만나야만 하는 사람들이 넘치고 치이는 곳에서 스스로를 격리시켜야만 무언가를 쓰는 일을 해볼 수 있을 것 같았습니다.

인천공항에서 수하물을 부치는데 항공사 직원이 목적지 이름이 무척 낯선 듯 고개를 갸웃했습니다.

"이, 라, 클리온? 이라클리온 공항에 가는 거, 맞으시죠?"

"네, 맞습니다."

"짐은 이라클리온 공항에서 찾으실 수 있을 거예요."

경유지인 암스테르담에 내리기 직전 승무원은 제게 어디까지

가냐고 물었습니다. "크레타"라고 말하자 "할리데이Holiday?"라고 묻더군요. 저는 일을 하러 간다고 했습니다. 거기서 해야 할 일이 진짜, 진짜 많다고 말이죠. 제 대답을 듣더니, 그녀는 "오히려 잘 됐군요" 하며 웃어주었습니다.

13시간을 날아 비 내리는 우중충한 암스테르담을 경유해 다시 네 시간을 날아서 도착한 크레타의 날씨는 상상한 모습 그대로였습니다. 터미널이 단 하나뿐인 이라클리온 니코스 카잔차키스 공항에 내리자마자 먼 바다의 냄새와 함께 에게 해를 주름잡는 아폴론의 강렬한 햇살이 반겼습니다.

제가 머문 곳은 헤르니소스스라는 동네의 'LITTLE VILLA'라는 명패가 붙어 있는 아담하고 하얀 그리스식 건물이었습니다. 침실과 화장실, 거실로 구성된 작은 1층짜리 집이었고, 거실에서는 유리문 밖으로 푸른빛으로 넘실거리는 크레타의 북쪽 바다가 보였습니다. 집의 구조 자체는 서울 공릉동에 있는 제 집과도 놀라울 정도로 비슷했습니다만, 더 놀라운 건 풍경이 이렇게 다를 수 있다는 사실이었습니다. 테라스로 나가는 유리문을 열면 옅은 소금기를 머금은 청량한 바람이 불어왔습니다.

헤르니소스스에서는 대부분 수영복 차림으로 거리를 걷거나 스쿠터를 타고 다녔습니다. 저도 글을 쓰다 지치면 그들을 따라서 수영복만 입은 채로 해변의 풍경 속으로 달려갔습니다. 투명하게 파란 바다와 하늘빛 사이로 무수한 윤슬의 무리가 가만히 눈부시게 반짝이는 그 풍경 속으로.

도착한 지 이틀이 지나고, 저는 이런 상상을 했습니다. 비교적 가까운 미래의 어느 인터뷰에서 세상에서 제일 편안한 자세로, 세상에서 제일 편안한 표정을 짓고서 "아! 크레타는 아름다운 섬이었죠. 제게 큰 영감을 주었고요. 글과 그림이 막힘없이 술술 나오더라니까요"라고 이야기하는 저를요. 물론, 이후의 제 생활을 돌이켜보면 말 그대로 상상일 뿐이었지만 말이죠.

섬에 머무는 내내, 아침에 눈을 뜨면 곧장 해변으로 향했습니다. 터벅터벅 걸어도 5분이면 도착할 거리였습니다. 깨어날 때와 잠들 때 마주하는 풍경이 수평선과 하늘이 맞닿은 파랑의 양 면이라는 사실은 제게 그 무엇과도 바꿀 수 없는 기쁨을 선사해주었습니다. 저는 그런 하루하루를 아쉬운 듯 소중하게, 때로는 물을 쏟아 흘려보내듯 무심히 보냈습니다.

이른 새벽 먼 지평선을 따라 반짝이는 윤슬의 빛이 여신 에오스가 새벽을 떠나며 남기고 간 아쉬움의 자취였다면, 에게 해 위로 쏟아지는 한낮의 뜨거움은 해변을 사랑하는 이들이 가진 아폴론과 같은 열정처럼 느껴졌습니다. 그리고 해가 저물어 달의 여신 셀레네가 아폴론과 자리를 바꿔 앉는 그 찰나, 그녀의 짙은 푸른 옷깃이 바다 위로 내려앉으며 새빨간 붉은 빛을 힘겹게 발하던 짧은 양초를 덮어 끄듯 마침내 어둠이 몰려왔습니다. 그 모든 순간들을 빠짐없이 관찰하는 일이 좋았습니다.

　새벽에 아무도 없는 해변으로 나가 잠시 바다에 몸을 담그고 있으면, 반짝이는 빛무리 속에서 별처럼 유영하는 듯한 기쁨을 오롯이 혼자 맛볼 수 있었습니다. 그러한 기쁨들의 편린을 애써 종이 위에 잡아두어 보려고 했지만, 그럴 때마다 새삼스럽게 깨닫게 되곤 했습니다. 그림을 그린다는 일, 글을 쓴다는 일이 얼마나 부질없는 동시에 지극히 애틋하고 정성스러워야만 하는 일인지를 말입니다.

　수영을 마치고 돌아와 수영복을 빨랫대 위에 말려놓고, 거실의 테이블에 앉아 글을 쓰다 노트북에서 잠시 눈을 떼고 고개를 오른쪽으로 돌리면, 잘 가꾸어진 생울타리 사이에 핀 새빨간 히비스커스가 바람에 산들거리는 풍경 너머로 남포빛 바다가 끊임없이 손짓하듯 밀려왔습니다. 아니, 이 섬이 계속해서 어딘가로 표류하는 중인 것만 같았습니다. 그렇게 생각하면 뱃멀미가 나는 느낌마저 들었습니다.

　매일 점심을 먹기 위해 들르는 숙소 앞의 타베르나에서 평소와 같이 점심을 먹고 일어섰던 어느 날, 이제 낯이 좀 익은 주인이 저를 붙잡았습니다.

"아이스크림 먹고 가. 오늘 무척 더우니까."

그 말에 우리는 서로 미소를 지었습니다. 글을 쓰는 일, 그림을 그리는 일 그리고 살아가는 일들이란 게 대부분 한낮의 뜨거움을 견디고 땀을 흘리는 일입니다만, 새벽과, 석양과, 누군가의 호의라는 달콤하고 쌉싸름한 찰나의 시간들이, 우리 이마에 맺힌 그 인고의 물방울들을 닦아주는 부드러운 여신의 손길과 같다는 생각을 했습니다.

나는 섬에서 이처럼 지냈습니다.

이러한 마음들이 당신에게 전해지기를 바라며.

⟨**The Sea of Icarus I-VI**⟩, 130×162cm, gouache on canvas, 2023.

랑데부

초판 1쇄 발행 2024년 2월 23일
초판 2쇄 발행 2024년 2월 29일

지은이 김선우
펴낸이 유정연

이사 김귀분
책임편집 조현주 **기획편집** 신성식 유리슬아 서옥수 황서연 정유진 **디자인** 안수진 기경란
마케팅 반지영 박중혁 하유정 **제작** 임정호 **경영지원** 박소영

펴낸곳 흐름출판(주) **출판등록** 제313-2003-199호(2003년 5월 28일)
주소 서울시 마포구 월드컵북로5길 48-9(서교동)
전화 (02)325-4944 **팩스** (02)325-4945 **이메일** book@hbooks.co.kr
홈페이지 http://www.hbooks.co.kr **블로그** blog.naver.com/nextwave7
출력·인쇄·제본 삼광프린팅(주) **용지** 월드페이퍼(주) **후가공** (주)이지앤비(특허 제10-1081185호)

ISBN 978-89-6596-614-2 03810